Tokio Liebe

von Akiko Soul

2025

Zwei Männer. Eine Küche. Und ein Rezept für das ganz große Gefühl.

Haruki ist chaotisch, laut und der ungekrönte König des charmanten Durcheinanders. Akihiko dagegen lebt für Präzision, Schweigsamkeit – und perfekt geschnittene Julienne-Streifen. Was als knisternde Reibung im exklusiven Tokioter Eventrestaurant *HANABI* beginnt, entwickelt sich bald zu einer köstlich langsamen Annäherung zwischen Sarkasmus, Sojasoße und Sehnsucht.

Zwischen flirtgeladenem Küchenstress, familiären Fettnäpfchen, einer Auszeit in Paris und der wohl schrägsten Hochzeitsvorbereitung Tokios wächst eine Beziehung, die nicht nur Herz, sondern auch Magen berührt.

Eine Liebesgeschichte, so süß-salzig wie eine Teriyaki-Glasur – voller Biss, Wärme, Humor und dem Mut, sich ganz hinzugeben.

Für alle, die an das große Gefühl glauben – auch wenn es erst durch ein bisschen Chaos geht.

Prolog!

Tokio war laut. Es rauschte, blinkte, vibrierte – eine Stadt, die nie fragte, ob du bereit warst. Sie nahm dich, warf dich in eine U-Bahn, presste dich zwischen Koffein und Kimonos, zwischen Menschenmengen und Mitternachtssnacks, und sagte: *Mach was draus.* Ich war Kellner. In einem Restaurant, das mehr Theaterbühne als Küche war. Mein Leben bestand aus Bestellungen, Serviettenkunst und dem Gefühl, dass immer etwas fehlte – obwohl nie etwas wirklich kaputt war. Bis ich ihm begegnete. Akihiko war alles, was ich nicht war: strukturiert, leise, messerscharf. Ein Mann, der mit Blicken schneidete und mit Worten sparte. Der seine Emotionen hinter Edelstahl versteckte und seine Sehnsucht in perfekt angerichteten Tellern servierte.

Und trotzdem – oder gerade deshalb – zogen wir uns an wie Kontraste in einem Manga, der viel zu spät romantisch wird. Ich wusste nicht, wie es begann. Mit einem Streit über eine falsch gelieferte Dessertplatte? Mit einem zufälligen Schulterstupser in der Teeküche? Oder mit dem Moment, in dem ich zum ersten Mal sah, wie seine Stirn sich entspannt, wenn er denkt, ihn beobachte niemand? Ich wusste nur: Ich wollte mehr davon. Von ihm. Vom uns. Und bevor ich es aussprechen konnte, war ich mittendrin – in einem Rezept, das niemand aufgeschrieben hatte.

Willkommen im Chaos Haruki!

Tokio. Frühling. Kirschblüten segelten durch die Luft wie übermütige Konfetti, die irgendein betrunkener Gott über der Stadt verstreut hatte. Auf den Straßen strömten die Menschen zwischen leuchtenden Werbetafeln und bimmelnden Ampeln hindurch, als wären sie Teil eines riesigen, atemlosen Choreografieexperiments. Und mittendrin: Ich. Haruki Saitō. 24 Jahre alt, Träumer, Teilzeitchaot, frisch gebackener Kellner – und ungefähr so bereit für mein erstes Arbeitstraining im Eventrestaurant *HANABI* wie ein Hamster für eine Steuerprüfung. Ich stand also vor dem Eingang des *HANABI*, einem architektonischen Schmuckstück aus Stahl, Glas und einem egozentrischen Zen-Garten, der mehr Platz beanspruchte als meine gesamte Wohnung. Ich rückte meine Krawatte zurecht, was nur bewirkte, dass sie sich noch schiefer anfühlte. Ich schwitzte. Überall. Nicht vor Hitze – es war angenehm frühlingshaft – sondern vor Panik.

Die Tür glitt auf. Ich trat ein. Und wurde direkt
von einem Tablett am Kopf getroffen.
„Willkommen in der Hölle", sagte eine
Stimme, die so tief und seidenweich war, dass
man sie in Flaschen hätte abfüllen und als
Aphrodisiakum verkaufen können.
Ich taumelte zurück, hielt mir die Stirn und
blinzelte nach oben – und in das ungnädige
Gesicht eines Mannes, der vermutlich selbst
im Pyjama noch wie ein Vogue-Cover
aussehen würde. Dunkles Haar, streng
zurückgebunden. Augen wie schwarzer Kaffee
ohne Zucker. Und ein Ausdruck, der sagte:
*Du bist nicht nur zu spät, du bist auch ein
Fehler der Menschheitsgeschichte.*
„Du bist Haruki, nehme ich an", sagte er.
„Äh – ja? Also, ich meine, ja! Genau. Der
Neue."
„Ich bin Akihiko. Sous-Chef. Du arbeitest in
meinem Team. Und du stehst im Weg."
Ich wich zur Seite. Er ließ das Tablett sinken,
das er offenbar einem anderen Kellner an den

Kopf werfen wollte – schade, dass ich dazwischengekommen war.

„Schon mal Tablett getragen?", fragte er.

„Na ja, also, ich hab mal bei meiner Schwester

beim Umzug geholfen..."

Er sah mich an, als hätte ich gerade laut erklärt, dass ich als Kind Klebstoff getrunken hätte. Was-zugegeben-nicht völlig abwegig war.

„Folg mir."

Ich stolperte hinter ihm her durch ein Labyrinth aus Gängen, Dampf und Stimmen. Das *HANABI* war wie ein Bienenstock – elegant, effizient und voller Menschen, die aussahen, als hätten sie in ihrer Freizeit Bewerbungsvideos für Kochshows gedreht.

„Das ist deine Uniform", sagte Akihiko und warf mir ein Hemd entgegen. Ich fing es nicht.

Natürlich nicht. Es landete auf meinem Gesicht.

„Danke", murmelte ich durch Baumwolle.

„Anziehen. Jetzt." Ich verschwand in die Umkleide. Mein Herz klopfte wie wild. Nicht nur wegen der Blamage – sondern auch wegen dieses Akihiko. Er war gefährlich. So jemand, der dir einen Blick zuwirft und damit sowohl deinen Blutdruck ruiniert als auch deinen Orientierungssinn. Wenig später stand ich wieder vor ihm – jetzt in Uniform. Akihiko musterte mich. Seine Miene blieb unbewegt, aber ich schwöre, ich sah, wie eine Augenbraue zuckte. Vielleicht war es auch nur ein Lidschlag. Bei ihm war selbst das dramatisch. „Du wirst dem Barbereich zugewiesen. Rei zeigt dir alles." Rei war – sagen wir – schwer zu übersehen. Groß, extravagant, geschminkt wie eine Drag Queen, die gerade vom Laufsteg kam, und mit einem Lächeln, das sowohl versprechen als auch drohen konnte.

„Oh, süßer Frischling!", rief Rei. „Na komm mal her und lass dich in die große bunte Welt der Cocktails und Gäste einführen. Und keine Sorge – wenn du dich blamierst, tu's mit Stil."

„Das ist mein Plan", sagte ich – und verliebte mich ein bisschen in ihren Wahnsinn.

Die nächsten Stunden waren ein Rausch aus Servietten falten, Gläser polieren, Gäste anlächeln (auch wenn sie nach Seetang rochen) und Rei, die mit einer Mischung aus Broadway und Katastrophenschutz alles kommentierte. Akihiko schwebte gelegentlich vorbei, korrigierte hier einen Teller, da eine Haltung, und jedes Mal wurde mir heiß – nicht nur im Gesicht.

Am Ende des Abends hatte ich einen Muskelkater in der Seele und einen halbvollen Cocktailshaker in der Jackentasche – und keine Ahnung, wie das passiert war.

„Du hast überlebt", sagte Akihiko, als ich mich in der Küche verabschieden wollte.

„War knapp. Ich glaub, ich hab mir einen Muskel
am Ohr gezerrt."

Sein Blick war unergründlich. Dann – ganz kurz – huschte ein Lächeln über seine Lippen. Winzig. Aber da. „Sei morgen pünktlich." Ich grinste. „Nur wenn du das Tablett diesmal nicht auf mich wirfst." Er wandte sich ab, aber ich sah, wie seine Schultern ein wenig zuckten. Vielleicht vor Lachen. Vielleicht vor Wut. Vielleicht beides. Und so endete mein erster Tag im *HANABI*. Mit Muskelkater, Cocktailatem und einem Sous-Chef, der mich entweder umbringen oder ausziehen wollte. Der Frühling in Tokio hatte definitiv mehr zu bieten als Blüten und Allergien.

Kaffeeflecken und Kontrollverlust!

Tokio schlummerte noch unter einer Decke aus
Kirschblüten und Morgendunst, als ich mich –
mit exakt drei Stunden Schlaf, einem zu
starken Kaffee und exakt null Orientierung –
auf den Weg ins *HANABI* machte. Meine
Uniform war frisch gebügelt, mein Herz
flatterte wie ein hyperaktives Spatzenbaby,
und meine Frisur... nun ja, meine Frisur sah
aus, als hätte ich mit einer Steckdose geflirtet.
Aber hey, ich war pünktlich. Sogar fünf
Minuten zu früh. Wer hätte gedacht, dass ich
das mal freiwillig hinkriege?
Ich betrat das Restaurant, wo alles bereits
wieder vibrierte vor Energie – Akihikos
Energie. Der Mann war wie eine Naturgewalt
mit Thermometer: scharf, gefährlich und
absolut unvorhersehbar.
„Du bist früh", sagte er, ohne aufzublicken,
während er kunstvoll ein Dutzend
Jakobsmuscheln filettierte. Natürlich. Weil
normale Menschen morgens ihre Cornflakes
essen – und Akihiko zerlegt Weichtiere mit
chirurgischer Präzision.

10

„Ich hab Albträume gehabt, in denen du mich mit einem Flambierbrenner verfolgst", murmelte ich.

„Angemessene Reaktion."

Ich schwöre, er sagte das ohne jeden Anflug von Ironie.

Rei tauchte auf wie ein Feenprinz aus einer schrägen Disney-Produktion. In Gold. Mit Glitzerlipgloss. „Oh, unsere kleine Frühstücksbanane ist da! Bereit, den Tag zu entehren?"

„Bereit, alles zu tun, was mich nicht ins Gefängnis bringt."

Rei legte mir dramatisch die Hand auf die Schulter. „Kind, das war ein Ja. Komm. Wir üben Latte Art."

Zehn Minuten und einen explodierten Milchschaum später hatte ich die Hälfte meines Oberkörpers mit Kaffee getränkt. Ich roch wie ein Espresso, der bei Starbucks abgewiesen wurde.

„Du bist jetzt offiziell ein Barista", sagte Rei. „Oder zumindest ein Getränk."
Und dann – natürlich – kam Akihiko vorbei. Sein Blick glitt von meinem Gesicht zu meinem durchweichten Hemd. „Brauchst du Hilfe beim Anziehen? Oder war das Teil deines Flirtversuchs?"
„Du würdest es merken, wenn ich flirte."
„Ich hoffe nicht."
Touché.
Ich wurde zurück ins Lager geschickt, um mich umzuziehen. Dort begegnete ich Daiki zum ersten Mal – Akihikos jüngerer Bruder, wie sich später herausstellte.
„Ey, bist du der Neue?", fragte er, während er mit einem Löffel direkt aus einem Nutella-Glas
aß.
„Kommt drauf an. Wirst du mir gleich eine Kaffeetasse ins Gesicht werfen?"

„Nur, wenn du's magst. Ich bin Daiki." „Haruki.
Der Typ, der Kaffee trägt wie ein
modisches Statement."
Daiki grinste. „Viel Spaß mit meinem Bruder.
Der hat die emotionale Bandbreite von
gefrorenem Tofu."
„Hab ich schon bemerkt. Ich steh auf
schwierige Fälle."
„Dann bist du hier goldrichtig."
Wenig später war ich wieder im Einsatz.
Gäste, Gläser, Gelächter. Und Akihiko, der
durch die Küche glitt, als würde er einem
geheimen Ballett folgen, von dem der Rest der
Menschheit keine Ahnung hatte.
Ich versuchte nicht zu starren. Spoiler: Ich
scheiterte kläglich.
Während ich einem Tisch ein Tiramisu
servierte, beugte ich mich zu weit vor,
rutschte
auf einer Zitronenscheibe aus (wer zur Hölle
lässt sowas auf dem Boden liegen?) – und

landete mit dem Gesicht voran auf dem Schoß eines älteren Herrn.

„Oh, junger Mann…“, säuselte der, während ich in Todesangst versuchte, wieder aufzutauchen.

Akihiko war innerhalb von Sekunden da.

„Haruki. Wenn du auf Kunden fällst, nimm wenigstens Wein mit.“

Ich war rot bis zu den Ohren. „Ich wollte eigentlich den Tisch beeindrucken, nicht besteigen.“

Der ältere Herr lachte schallend. „Er darf mich jederzeit wieder beeindrucken!“

Akihiko zog mich an der Uniform hoch wie ein nasser Hund. „Pause. Jetzt.“

Ich stolperte in die Küche. Er folgte mir.

„Willst du mich ruinieren?“, zischte er, kaum dass wir alleine waren.

„Was? Nein! Ich will bloß irgendwie… nicht sterben?“

„Du bist laut, chaotisch, unpräzise und
übertrieben freundlich." „Oh, entschuldige,
dass ich versuche, ein funktionierender
Mensch zu sein." Er trat einen Schritt näher.
Unsere Körper berührten sich fast. Es war
heiß in der Küche. Oder war das nur ich? „Du
verwirrst das Team." „Du meinst, ich
verwirre dich." Seine Augen blitzten. Dann
drehte er sich um und verließ den Raum –
kommentarlos. Ich lehnte mich gegen die
Wand, atmete tief durch. Und grinste. Denn
egal, wie sehr Akihiko versuchte, das
Gegenteil zu beweisen – ich war ihm nicht
egal. Ich war sein persönliches
Zitronenscheiben-Dilemma. Und das war erst
Tag zwei.

Von Eiern und Eitelkeiten!

 Am dritten Tag im *HANABI* wachte ich mit einem Muskelkater an Stellen auf, von denen ich nicht wusste, dass sie existieren. Mein Rücken beschwerte sich über jede einzelne Sekunde aufrecht stehender Existenz, meine Beine hassten mich, und mein Herz... nun ja, mein Herz war leider immer noch beschäftigt, jedes Mal einen kleinen Freudenhüpfer zu machen, wenn ich an Akihikos Stimme dachte. Oder seine Hände. Oder seine verächtlichen Blicke, die sich inzwischen verdächtig oft länger auf mir ausruhten als auf den Tellern. Ich kam wieder fünf Minuten zu früh. Weil ich es nicht besser konnte – oder weil ich heimlich auf einen dieser Momente hoffte, in denen wir allein waren, dicht an dicht, mit nur einer Schürze dazwischen und einem Bunsenbrenner an Spannung.
Diesmal war die Küche fast leer. Nur Akihiko war da. Natürlich. Er schnitt Lauch in perfekte, beängstigend gleichmäßige Streifen, als würde er eine chirurgische Operation durchführen.
„Du bist wieder früh.“

„Vielleicht steh ich einfach auf Leiden." „Das erklärt deinen Kleidungsstil." Touché, erneut. Ich wollte empört reagieren, aber dann sah ich, dass er sich das Lächeln nicht ganz verkneifen konnte. Es war wie ein seltenes Naturphänomen. Eine Akihiko-Sonnenfinsternis. Ich trat näher. Vielleicht zu nah. „Soll ich dir helfen?" „Kannst du ein Ei trennen, ohne eine Krise auszulösen?" „Kommt drauf an. Emotional oder physikalisch?" Er reichte mir ein Ei. „Überrasch mich." Ich trennte es. Kein Desaster. Akihiko musterte das Ergebnis und nickte knapp. „Wow", sagte ich. „Lob. Ich notier das im Kalender."

„Tu das. Und dann wirf ihn weg." Rei kam rein, sah uns und hob eine fein
gezupfte Braue. „Was seh ich da? Unsere Küchenikone flirtet am Arbeitsplatz?"
„Ich flirte nicht", sagte Akihiko schnell.
„Ach, Schätzchen. Wenn das kein Flirten war, dann war meine letzte Dragshow auch ein Naturdokumentarfilm."
Ich war zu sehr damit beschäftigt, nicht laut zu lachen, um etwas beizutragen.
Rei zog mich beiseite, während Akihiko demonstrativ weiterarbeitete.
„Hör mal, Süßer", flüsterte sie. „Der Mann ist wie roher Thunfisch – schwer zu handhaben, aber wenn du ihn richtig behandelst, wird er zum delikatesten Bissen deines Lebens."
Ich schnappte nach Luft. „Ich… Ich will doch gar nicht…"
„Bitte. Deine Blicke sind eindeutiger als ein Porno mit Untertiteln."

Der Tag wurde nicht besser. Während ich einem Tisch mit sechs extrem betrunkenen Geschäftsmännern Sake servierte,
kam es zur Katastrophe: Einer von ihnen packte mich plötzlich am Arm und zog mich auf seinen Schoß.
„Komm schon, Hübscher, setz dich zu uns!“, lallte er.
„Äh, nein danke, ich bin nur hier zum Getränkeverschütten.“
Der Griff wurde fester.
Und plötzlich war Akihiko da.
„Lassen Sie den Kellner los“, sagte er mit einer Stimme, die selbst einen Yakuza zum Schweigen gebracht hätte.
„Und wer bist du, sein Freund?“, blökte der Mann.
Akihiko trat einen Schritt näher. „Nein. Sein Chef. Und in diesem Haus behandeln wir

unsere Mitarbeiter mit Respekt. Oder wir zeigen Ihnen die Tür. Kopfüber.“ Der Mann ließ mich los. Ich stand auf, zitternd – vor Wut, vor Scham, vor… irgendwas anderem. Später in der Küche stellte ich Akihiko zur Rede. „Du hättest das nicht tun müssen.“ „Doch. Musste ich.“ „Warum? Ich hätte selbst klarkommen können.“ „Nicht mit dem. Nicht in diesem Moment.“ „Du willst mich beschützen?“ Seine Kiefermuskel zuckte. „Ich will nicht, dass du gehst.“ Ich trat näher. „Warum? Weil ich so gut im Eitrennen bin?“

Sein Blick verfinsterte sich. „Weil du mich an Dinge erinnerst, die ich vergessen wollte." Da war er, der Moment. Die Luft knisterte. Unsere Finger berührten sich. Und für einen winzigen Sekundenbruchteil... neigte er sich vor. Fast. Fast. Dann war Rei wieder da, mit einem lauten: „Wer hier rumknutscht, wäscht auch das Gemüse, meine Lieben!" Ich trat einen Schritt zurück, grinste verlegen. Akihiko seufzte. Und ich wusste: Der Frühling in Tokio hatte nicht nur Blüten – er hatte auch Dornen. Und ich lief sehenden Auges mitten hinein.

Süßes Desaster auf Dessertniveau!

Wenn ich geglaubt hatte, dass mein Alltag im *HANABI* nach drei Tagen endlich eine Art Routine entwickeln würde, dann war ich offenbar betrunken gewesen – oder einfach nur

optimistisch in einer Art, die klinisch bedenklich war.

Denn Akihiko hatte beschlossen, mich heute in die geheiligten Hallen der Dessertstation einzuarbeiten. Er sagte es beiläufig, als würde er mir anbieten, eine Zuckerdose zu polieren. In Wahrheit bedeutete es, dass ich zwischen Bunsenbrenner, Schokoladenspiegeln und himmlisch aussehenden Törtchen meine Seele verlieren sollte.

„Kannst du mit Gelatine umgehen?", fragte Akihiko, während er mit chirurgischer Präzision Himbeerkomponenten auf einem Teller platzierte.

„Nur, wenn sie nicht zurückschlägt."

„Dann bleib bei der Crème brûlée. Da musst du nur anzünden."

„Ich dachte, ich darf mit dem Feuer spielen?“
„Gott bewahre.“ Ich griff also zum
Bunsenbrenner – und das
war der Moment, in dem ich begriff, dass es
zwei Sorten von Menschen gibt: Die, die
wissen, wie man professionell Zucker
karamellisiert. Und mich.
Der erste Versuch war… sagen wir: kreativ.
Der
Zucker wurde schwarz. Dann flüssig. Dann
fest. Und dann: knusprig wie Beton.
„Willst du das als urbanes Kunstprojekt
verkaufen?“, fragte Akihiko, als er den
verkohlten Teller betrachtete.
„Ich nenne es: ‘Postapokalyptisches Dessert
mit Unterton von Reue’.“
Er verzog keine Miene. „Noch mal.“
Ich atmete tief durch. Diesmal war ich
vorsichtig. Zärtlich, fast liebevoll. Der Zucker
verwandelte sich langsam in goldene
Perfektion.

„Nicht schlecht", murmelte Akihiko. Und dann, leise: „Du wirst besser." Ich strahlte. Fast hätte ich ihn gefragt, ob er mich heiraten will. Stattdessen verteilte ich demonstrativ Puderzucker in Herzform auf dem Teller. „Sarkasmus mit Sahne", kommentierte Rei, die plötzlich wie ein Glitzerschatten auftauchte. „Ihr zwei seid schlimmer als mein erster Freund. Und der war ein Zirkusclown." Ich wollte kontern, aber da schob sich plötzlich eine andere Präsenz in die Küche – Yūna, meine große Schwester, PR-Managerin, kontrollverliebt und mit einem Modegeschmack, der irgendwo zwischen High Fashion und Kriegserklärung pendelte. „Haruki!", rief sie und wedelte mit einem Tablet. „Was zur Hölle ist das hier?" Ich blinzelte. Auf dem Display war ein Social-Media-Post vom Vortag. Ein Foto, wie ich auf dem Schoß des alten Gastes landete.

Untertitelt: *Der neue Kellner im HANABI – Service mit Körpereinsatz!* Akihiko riss ihr das Tablet aus der Hand. Sein Blick verfinsterte sich. „Das war ein Unfall", sagte ich schnell. „Ich bin auf einer Zitronenscheibe ausgerutscht." „Und gelandet bist du auf einem viralen Shitstorm." Yūna stemmte die Hände in die Hüften. „Du brauchst ein sauberes Image. Oder einen wirklich guten Liebhaber. Am besten beides." „Yūna!", fauchte ich. Akihiko räusperte sich. Rei grinste wie ein Kätzchen vor einer Glasschale Sahne. „Ich seh schon, hier ist alles unter Kontrolle", sagte Rei. „Also, gar nichts. Perfekt." Yūna wandte sich Akihiko zu. „Und Sie, Chefkoch, vielleicht sollten Sie das Personal besser beaufsichtigen – oder endlich zugeben, dass Sie auf meinen Bruder stehen."

Akihiko sah sie mit einer Mischung aus Schock und aristokratischer Beleidigung an. „Ich... stehe... nicht...“ „Oh doch, du stehst. Und zwar sehr konzentriert.“ Ich war rot. Akihiko war blass. Rei lehnte sich entspannt gegen die Kühltruhe und sagte: „Ich hol Popcorn.“ Yūna drückte mir einen Stapel Visitenkarten in die Hand. „Du gibst heute Interviews. Sag irgendwas Kluges. Oder wenigstens nicht Idiotisches.“ „Ich sag einfach gar nichts.“ „Noch schlimmer.“ Und so verbrachte ich meinen Nachmittag nicht mit Crème brûlée, sondern mit Reportern, Selfies und der konstanten Bedrohung, etwas Dummes zu sagen. Akihiko beobachtete das Ganze aus der Küche, mit einer Miene, als würde er innerlich einen sehr trockenen, sehr teuren Wein sabbern.

Am Abend, als ich meine Schürze abnahm, kam er zu mir.

„Du warst… souverän.“

„Ich war ein schweißgebadeter Unfall mit Haargel.“

„Trotzdem.“

Ich sah ihn an. Und wagte es. „Hör zu. Ich weiß, ich bin nicht perfekt. Oder ruhig. Oder besonders tauglich für Hochleistungsgastronomie. Aber ich bin hier. Und ich bleib. Wenn du willst.“

Akihiko erwiderte meinen Blick. Für einen langen Moment.

„Ich will“, sagte er leise.

Und dann ging er.

Ich hätte mir fast die Zunge abgebissen vor Grinsen. Denn zwischen verbranntem Zucker, PR-Katastrophen und Schwestern mit Missionen war das die süßeste Sache, die heute passiert war.

Zwischen Flammen und Flüstern!

Der nächste Morgen war so still, dass selbst
Tokio sich zu fragen schien, ob etwas in der
Luft lag. Die Kirschblüten hatten über Nacht
ein Gedicht auf die Gehwege gestreut, zarte
Konfettisätze aus rosa und weiß, und ich stand
am Fenster meiner kleinen Wohnung in
Shinjuku, eine Tasse schwarzen Kaffees in der
Hand, und versuchte, Akihikos Stimme aus
meinem Kopf zu verbannen. Spoiler: Es
klappte nicht.
„Ich will", hatte er gesagt. Zwei Worte. Leise,
fast vorsichtig. Und sie hatten mich mehr
getroffen als jeder seiner trockenen
Kommentare oder harten Blicke. Ich hatte in
seinen Augen für einen Moment etwas
gesehen
– etwas, das nicht bloß Disziplin und
Selbstbeherrschung war. Etwas Weiches.
Zerbrechliches. Echtes.
Und es hatte mich erschreckt.
Als ich das *HANABI* betrat, war alles wie
immer – präzise, kontrolliert,
hochprofessionell. Und doch war da ein Riss

in der Oberfläche, ein Flimmern unter dem glänzenden Edelstahl. Ich fühlte es, als Akihiko mich aus der Küche heraus nur flüchtig ansah, dann aber doch stehen blieb. Unsere Blicke trafen sich. Kurz. Intensiv. Und ich wusste: Wir beide wussten, was unausgesprochen zwischen uns hing wie Dampf über einem siedenden Topf. „Heute machst du Mise en Place mit mir", sagte er, als sei das eine ganz normale Arbeitsanweisung. „Ich fühl mich geehrt." „Fang nicht an zu flirten." „Ich atme nur. Flirten ist Bonus." Er drehte sich um, aber ich sah das kaum sichtbare Zucken in seinem Mundwinkel. Und so schnippelten wir nebeneinander Gemüse, marinierten Lachs, richteten Teller an. Es war fast meditativ – bis auf die Tatsache, dass meine Hand jedes Mal zitterte, wenn seine sich der meinen näherte.

„Du bist ruhiger geworden", sagte er irgendwann.

„Vielleicht weil ich inzwischen weiß, wie man sich nicht mehr komplett blamiert."

„Oder weil du verstanden hast, dass man nicht alles überspielen muss."

Ich sah ihn an. „Was meinst du?"

„Du redest viel, Haruki. Zu viel. Als wolltest du verhindern, dass jemand merkt, wie du wirklich fühlst."

Ich legte das Messer weg. „Und du redest zu wenig, als hättest du Angst, dass man merkt, dass du überhaupt was fühlst."

Stille. Nicht unangenehm – aber schwer. Dicht. Akihiko wischte sich die Hände ab, trat einen Schritt näher. Ich spürte seine Wärme, sein Parfum, dieses dezente Aroma von Zitrus, Rauch und etwas... Tieferem.

„Ich hab mich früher einmal verliebt", sagte er plötzlich. „Er war ein Kollege. Gut. Charmant. Und verheiratet."

Ich sah ihn an, hielt den Atem an. „Es ist schiefgegangen. Natürlich. Ich hab gelernt, dass Gefühle in der Küche gefährlich sind. Und dass ich nicht der Typ bin, in den sich jemand auf Dauer verliebt." „Das ist der größte Quatsch, den ich je gehört hab", sagte ich, leise. „Du bist scharf wie ein Santokumesser, Akihiko. Klar, du kannst schneiden – aber du kannst auch retten." Er lachte – trocken, rau. „Poetisch." „Ehrlich." Da war es wieder. Diese Nähe. Nicht körperlich – nicht direkt. Sondern in der Luft, zwischen uns. Eine Spannung, die nicht mehr nur erotisch war, sondern... bedeutsam. Gefährlich. Lebendig. Bevor einer von uns etwas Dummes oder Wunderbares tun konnte, stürmte Daiki in die Küche, in seiner üblichen Mischung aus jugendlichem Elan und emotionalem Trampel.

„YO! Ich hab Tickets für das Foodie-Festival im Yoyogi-Park! Kommt mit! Bitte, ich will nicht mit Rei allein dahin, die bringt mich sonst dazu, Austern auf Instagram live zu analysieren." Ich lachte. „Was krieg ich dafür?" „Einen Kuss. Von meinem Bruder." Akihiko stöhnte. „Daiki." „Ich meinte auf die Wange. Vielleicht." „Wir kommen", sagte ich, bevor Akihiko widersprechen konnte. „Wir… was?" „Teamouting. Ganz harmlos. Wer weiß, vielleicht lachen wir sogar." Akihiko sah mich an. Und dann – völlig unerwartet – nickte er. Und ich wusste: Wir machten Fortschritte. Langsam, vielleicht. Aber mit jeder Gabel,

jeder Berührung, jedem unausgesprochenen
Wort. Und diesmal war es nicht der Zucker,
der karamellisierte – es war etwas in mir.
Fortsetzung folgt...

Ein Tag im Park und andere Naturkatastrophen!

Das Foodie-Festival im Yoyogi-Park war offiziell eine kulinarische Feier urbaner Raffinesse. Inoffiziell war es ein Schlachtfeld aus hungrigen Hipstern, schreienden Kindern und Instagram-Influencern, die sich gegenseitig mit Makaronen bewarfen. Ich liebte es.

Wir trafen uns am Parkeingang: Ich, Akihiko (mit der Aura eines Mannes, der selbst im Park nur in perfekt gebügeltem Schwarz aufkreuzt), Daiki (mit zwei Kameras und einer Sonnenbrille in Herzform), und Rei (in einem pastellfarbenen Kimono mit Glitzereffekten, die vermutlich illegal blendeten).

„Willkommen im Chaos, meine Süßen", sagte Rei und verteilte Sonnencreme wie rituelle Salbung.

„Ich hasse Menschenmengen", murmelte Akihiko.

„Du hasst auch Wärme, Farben und Freude", entgegnete ich.

„Deshalb bin ich Koch. Da ist alles sterilisiert.“

„Deine Emotionen auch?“

„Möchtest du den Tag überleben, Haruki?“

„Kommt drauf an, was du mir als Belohnung anbietest.“

Daiki pfiff. Rei seufzte genussvoll. „Wenn das hier nicht bald in eine romantische Komödie eskaliert, bin ich enttäuscht.“

Wir begannen mit Yakitori-Spießen, die so saftig waren, dass selbst Akihiko ein anerkennendes Nicken übrig hatte. Danach probierten wir Matcha-Eis, das Rei mit geschlossenen Augen und sinnlichem Stöhnen

verspeiste. Daiki filmte alles für „Recherche“, was bedeutete, dass ich mindestens in drei seiner TikToks wie ein sabbernder Idiot vorkam.

Nach dem dritten Stand wurde klar: Akihiko lockerte sich. Er lachte. Nicht laut, aber echt. Er kommentierte die Würze von Ramen, diskutierte mit einem Saucier über fermentiertes Knoblauchöl – und ließ sich von Rei zu einem Lächeln überreden, das ehrlich genug war, mich für eine Sekunde den Atem anhalten zu lassen. Wir setzten uns unter eine blühende Kirschblüte. Ich reichte Akihiko eine Limo. „Also, war das hier die Hölle, die du erwartet hast?" Er sah mich an. „Nein. Es ist schlimmer. Ich... mag es." „Schockierend." „Du bist schockierend." Ich prostete ihm zu. Unsere Finger berührten sich am Glas. Und dieses Mal zuckte er nicht zurück. Rei und Daiki waren ein Stück weiter gezogen – vermutlich auf der Jagd nach Takoyaki und Dramen – und wir saßen allein unter diesem Baum, mit den Blütenblättern auf unseren

Schultern wie sanfte Zeugen dessen, was unausgesprochen in der Luft lag.

„Du hast was verändert", sagte Akihiko leise.

„Du auch."

„Ich dachte, ich hätte mich längst festgelegt –

auf Arbeit, Kontrolle, keine Nähe. Und dann kommst du, schmeißt Dessert durch die Gegend, sprichst mit Händen und Augen, und…"

„… und du vergisst, wie man Nein sagt?"

Er lachte. Kurz. Rau. Schön.

„Vielleicht."

Ich drehte mich zu ihm. „Dann sag jetzt nicht

Nein."

„Zu was?"

„Zu dem hier."

Und ich beugte mich vor. Ganz langsam. Bereit, dass er ausweicht. Dass er mich zurückstößt. Aber er tat nichts davon. Stattdessen kam er mir entgegen. Unsere Lippen trafen sich unter Kirschblütenregen. Es war kein feuriger Kuss, kein Filmkuss mit dramatischer Musik. Es war weich, vorsichtig, ein bisschen zittrig – und trotzdem fühlte es sich an, als würde mein Innerstes durchgeschüttelt wie eine Schneekugel. Als wir uns trennten, blieb seine Stirn an meiner. „Das war…" „Überfällig?" „Riskant." „Willkommen im Leben." Wir blieben noch lange dort sitzen, Schulter an Schulter, bis Rei zurückkam und uns aufscheuchte mit einem „Wenn ihr zwei fertig seid mit eurer Blumenporno-Romanze, der Takoyaki-Stand hat noch offen!"

Und als ich später durch den Park ging,
meine Finger locker mit Akihikos
verschränkt, wusste ich: Der Frühling in
Tokio hatte nicht nur Blüten. Er hatte auch
Hoffnung. Und vielleicht – endlich – einen
Anfang.

Sous-Chef mit Herzinfarktpotenzial!

 Am nächsten Tag wachte ich mit einem Grinsen auf dem Gesicht auf, das selbst einem Zahnarzt Angst gemacht hätte. Mein Spiegelbild wirkte verdächtig verknallt – zerzauste Haare, verträumter Blick, gerötete Lippen. Ich sah aus, als hätte ich in einem Musikvideo über Liebe in Tokio geschlafen. Und ich liebte es. Der Kuss unter den Kirschblüten – zärtlich, verwirrend, unverschämt schön – war mehr als bloß ein Moment gewesen. Es war eine kleine Explosion in einem bis dahin emotional straff abgesteckten Gebiet namens *Akihiko*. Und ich war stolz darauf, dort ein Lagerfeuer entzündet zu haben. Als ich das *HANABI* betrat, erwartete ich Unsicherheit. Vielleicht Distanz. Oder einen Sous-Chef mit emotionaler Firewall. Stattdessen sah ich Akihiko am Pass, wie er konzentriert eine Garnitur aus Basilikumblättern arrangierte – und mir beim Eintreten ein kaum merkliches Nicken schenkte. Das war bei ihm ungefähr so viel wie ein Heiratsantrag mit Feuerwerk. „Gut geschlafen?", fragte er, ohne aufzublicken. „Wie ein Baby nach zwei Gläsern Wein." „Du siehst... zufrieden aus." „Und du siehst aus wie jemand, der immer noch versucht, so zu tun, als sei gestern nicht passiert." Er sah mich jetzt an. Und da war wieder dieser Blick – kühl, fokussiert, und doch mit einem winzigen Weichzeichner um die Augen. „Ich habe nicht vergessen, was passiert ist." „Dann tu bitte auch nicht so." Ein kurzer Moment Stille. Dann sagte er leise: „Komm später in die Kühlkammer." Ich verschluckte mich fast an meiner eigenen Fantasie. „Äh – was?"

„Ich muss dir was zeigen." „Das klingt sehr...
ambivalent." Er wandte sich wieder den
Tellern zu. „Vertrau
mir."
Was immer das bedeutete – ich war dabei.
Der Tag verging wie ein sanfter Sturm. Ich
schwebte durch den Servicebereich wie ein
Kellner auf Wolke Sieben, brachte
versehentlich den Tisch mit veganem Tofu
einen Teller Wagyu und schämte mich nur
ein
bisschen. Rei kommentierte mein
Dauerlächeln mit einem augenrollenden:
„Würde jemand dem Cupcake dort bitte
einen
Beruhigungstee geben?"
Daiki schnappte sich meine Schulter auf dem
Weg zur Bar. „Du strahlst wie ein
Glühwürmchen mit Stromschlag. Was hast
du
mit Akihiko angestellt?"
„Gar nichts! Also... vielleicht... ein bisschen
Kirschblütensymbolik?"
„Du hast ihn geküsst?!"

„Ssshhh!“ „Rei!“ „NEIN!“ Aber es war zu spät.
Rei stand neben mir,
Fächer in der Hand, bereit für jedes Drama.
„Habt ihr's endlich getan? Ist er gefallen? Hat
die Sahara Wasser gesehen?“
„Es war nur ein Kuss.“
Rei tat einen dramatischen Schritt zurück.
„Du
bist also derjenige, der das Eis zum
Schmelzen
gebracht hat. Ich ziehe meinen Lippenstift
vor
dir.“
„Bitte tu das nicht.“
„Zu spät.“
Ich flüchtete mich in die Küche, die plötzlich
kühler wirkte – nicht nur wegen der
Klimaanlage. Akihiko war verschwunden. Ich
ahnte, wohin. Also trat ich zur Kühlkammer.

Innen war es, nun ja, kühl. Und voller Dessertboxen. Und mittendrin: Akihiko, der mir eine dieser Boxen hinhielt. „Kostprobe?" Ich nahm die kleine Tarte, biss hinein – und war sofort in einem Vanilletraum mit fruchtigem Zentrum. Mein Blick traf seinen. „Die ist für die neue Karte", sagte er. „Und warum... ich?" „Weil ich Vertrauen aufbauen will. Geschmack ist ehrlich. Und du bist... direkt." „Du meinst laut." „Laut. Lebendig. Nicht wie ich." „Doch. Du bist auch lebendig. Nur eben... kontrolliert." Ein Lächeln zuckte über seine Lippen. „Gestern... war kein Fehler."

„Gut. Denn ich hab vor, das zu wiederholen.“
„Du bist wahnsinnig.“ Ich trat näher. „Und
du bist neugierig.“ Wir standen in der Kälte,
eng, der Atem sichtbar, die Herzen
unsichtbar – aber spürbar. Dann küsste ich
ihn. Diesmal fester, fordernder, aber nicht
weniger zärtlich. Und er erwiderte es, mit
einer Hand in meinem Nacken, der anderen
auf meiner Taille. Als wir uns trennten, sagte
er nur: „Zurück an die Arbeit, Kellner.“ Ich
grinste. „Sofort, Chef.“ Und als ich die
Kühlkammer verließ, wusste ich: Aus Flirten
wurde Vertrauen. Aus Nähe wurde Mut. Und
aus diesem Tag… vielleicht etwas Großes.

Mehr als ein Menü!

Ich glaube, es war der Moment, in dem Akihiko mir beim Vorbeigehen ganz beiläufig eine Kaffeetasse in die Hand drückte – *ohne sie zu kommentieren* –, in dem ich realisierte, dass wir offiziell in der Grauzone angekommen waren. Diese magische Zwischenwelt, in der aus einem Flirt etwas Bedeutenderes wächst, ohne dass einer es so richtig ausspricht. Wo die Berührungen länger werden, die Blicke intensiver – und keiner von uns bereit ist, den ersten offiziellen Schritt zu machen. Oder, wie Rei es formulierte: „Ihr seid wie zwei Pfannkuchen, die sich gegenseitig heiß machen, aber keiner will sich umdrehen." Die Tage im *HANABI* wurden gleichzeitig intensiver und vertrauter. Akihiko und ich arbeiteten inzwischen fast wortlos zusammen, was bei ihm vermutlich die höchste Form von Vertrauen bedeutete – und bei mir die tägliche Übung in Körpersprache auf Hochleistungsniveau.

Er dirigierte die Küche wie ein Orchester aus Flammen, Dampf und Rasiermesserschärfe, während ich durch den Gastraum glitt, mit einem Lächeln, das mehr über ihn verriet als über mich. Denn jeder, der genau hinsah, konnte es inzwischen erkennen: Da war etwas. Etwas, das über den letzten Drink, den besten Platz oder das perfekte Dessert hinausging. Daiki beobachtete uns mit dem Blick eines nervösen Dramaturgen. „Ich schwöre, ich krieg bald Magengeschwüre von euch. Könnt ihr nicht einfach offiziell zusammen sein, damit ich aufhören kann, eure Blicke zu analysieren?" „Das wäre zu einfach", murmelte Rei, die sich gerade einen Gin-Tonic mischte, der klang wie ein Neuanfang. „Er braucht Zeit", sagte ich, obwohl ich selbst manchmal nicht wusste, ob es wirklich Zeit war, was uns fehlte – oder nur der Mut. Und dann kam der Samstagabend.

Samstag im *HANABI* war kein Abend. Es war ein Statement. Gäste kamen nicht nur wegen des Essens – sie kamen, um gesehen zu werden. Um zu fühlen, dass sie Teil von etwas waren, das größer war als nur ein Menü. Akihiko hatte ein neues Degustationsmenü kreiert, das an „Verlorene Jahreszeiten" erinnerte. Jeder Gang war eine Emotion: ein Winter in rauchiger Brühe, ein Frühling in grünem Tee, ein Sommer in Muschelträumen, ein Herbst aus Kürbis, Schmerz und karamellisierten Walnüssen.

Als ich das Menü vorlas, blickte ich zu ihm. Er stand am Pass, still, souverän – aber ich erkannte es. Das Zucken in seinem Kiefer, das Zittern in der Hand, die die Pinzette hielt. Das war nicht einfach nur Kochen. Das war Offenbarung.

Später, als der letzte Gast gegangen war und Rei schon Barreste sortierte, fand ich ihn allein in der Küche. Er wusch gerade ein Messer ab. Langsam. Wie jemand, der nicht wusste, wie er den nächsten Satz beginnen sollte.

„Du hast dich heute geöffnet", sagte ich leise.

„Nur ein bisschen." „Reicht, um dich zu sehen." Er drehte sich zu mir. Noch immer in Kochjacke, noch immer ernst – aber seine Augen waren weich. Müde. Und... ehrlich. „Ich hab Angst, Haruki." Das war es. Kein Drama. Kein Flüstern. Einfach nur ein Satz, der mir das Herz zusammenschnürte. „Ich weiß", sagte ich. „Ich auch." Ich trat zu ihm, ganz nah. Legte meine Hand auf seinen Unterarm. Er ließ es zu. „Was, wenn wir das vermasseln?", fragte er. „Dann tun wir es gemeinsam." Er sah mich an, lange. Dann legte er seine Stirn gegen meine. Und wir blieben einfach so stehen. Mitten zwischen dampfenden Töpfen,

Gewürzresten und einem Duft nach karamellisierter Unsicherheit. „Ich habe dein Lieblingsgericht gekocht", sagte er schließlich. „Du kennst mein Lieblingsgericht?" „Du sprichst im Schlaf." „Ich... was?!" „Du hast bei mir übernachtet. Letzte Woche. Du erinnerst dich nicht?" Ich starrte ihn an. Er grinste. Nur ganz leicht, aber ich sah es. „Du hast 'Pasta mit Butter und zu viel Parmesan' gemurmelt. Mit einem Lächeln." Ich lachte. Laut. Frei. Und küsste ihn. Diesmal mit allem. Nicht unter Kirschblüten. Nicht im Kühlraum. Sondern genau hier, wo unser Leben stattfand. Im Chaos. Im Dampf. Im Jetzt.

Und dieses Mal drehte sich keiner von uns weg.

Der Morgen danach und davor!

Der Morgen nach dem Kuss in der Küche war – entgegen aller romantischen Filmklischees –

keine Symphonie aus Sonnenstrahlen und leiser Klaviermusik. Es war ein Dienstag. Es war zu früh. Und ich hatte Zahnpasta auf dem T-Shirt.

Aber es war auch der Morgen, an dem Akihiko mir eine Nachricht schickte. Eine einzelne Zeile: **„Kaffee heute bei mir?"**

Kein Emoji. Kein Punkt. Nur Worte. Und doch fühlte es sich an, als hätte er mir damit seine innere Festungsschlüssel gegeben.

Ich schlich mich nach Schichtende zu seiner Wohnung, die ich bisher nur vom Hörensagen kannte. Rei beschrieb sie als „Minimalismus mit gelegentlichen Anfällen von Einsamkeit". Daiki nannte sie „die männlichste Höhle seit Batman".

Ich klingelte. Die Tür öffnete sich. Und da stand er – barfuß, in Jeans und T-Shirt, mit einem zerzausten Haarschopf und einem

Kaffeebecher in der Hand. Noch nie hatte Unperfektheit so verdammt sexy ausgesehen.

„Reinkommen, bevor du den Flur verliebst", murmelte er und ließ mich durch.

Die Wohnung war sauber, schlicht, geschmackvoll. Viel Schwarz, viel Grau, ein paar Pflanzen, die erstaunlich lebendig wirkten. In der Küche dampfte der Kaffee.

Und auf dem Tisch stand – ich schwöre – mein

Lieblingsfrühstück.

„Butterpasta. Mit Parmesan", flüsterte ich.

„Es ist 9 Uhr. Ich bin kein Frühstücksmensch."

„Du bist ein Wunder."

Wir aßen schweigend. Und genau das war das Wunder: Es war kein unangenehmes

Schweigen. Kein *Was-sind-wir-jetzt*-

Schweigen. Sondern ein *Ich-bin-hier-und-du-

auch-und-das-ist-gut*-Schweigen.

Nach dem Essen lehnte ich mich zurück. Er sammelte die Teller ein, spülte. Ich beobachtete ihn – wie sich seine Schultern bewegten, wie die Adern auf seinen Unterarmen sichtbar wurden, wenn er zupackte. Ich war ein bisschen verloren. Und völlig angekommen. „Du bleibst heute Nacht?", fragte er ohne sich umzudrehen. „Ich hatte nicht vor zu gehen." Er drehte sich zu mir, trocknete die Hände ab. Kam näher. Legte die Hände links und rechts neben mich an die Sessellehne. Unsere Gesichter waren plötzlich sehr nah. Und dann küsste er mich. Langsam, tief. Ohne Eile. Und mit einer Intensität, die mir den Boden unter den Füßen wegzog, obwohl ich saß. Was dann folgte, war... Nun ja, sagen wir: Der Dienstag wurde warm. Und dann heiß. Wir fielen ins Bett wie zwei Menschen, die endlich aufgehört hatten, sich zu fragen, ob sie durften. Wir streiften Hemmungen ab wie Kleidung. Und als seine Haut meine berührte,

fühlte es sich an wie etwas, das nie hätte
fehlen dürfen.
Es war nicht perfekt. Aber es war echt. Voller
Blicke, Berührungen, unvollständiger Sätze.
Und als ich später in seinen Armen lag, beide
von leichtem Schweiß glänzend, mit
pochendem Herz und völlig erledigt,
flüsterte
er:
„Ich dachte nicht, dass ich das noch kann.“
„Sex?“
Er schnaubte. „Fühlen.“
Ich küsste seine Schulter. „Du kannst. Und
wie.“
Wir verbrachten den Tag in dieser Blase.
Kochten nichts – bestellten Ramen. Schauten
eine Folge einer Kochdoku, in der Akihiko
jeden Schnitt kritisierte. Ich lachte mehr, als
ich für möglich gehalten hätte.
Am Abend lagen wir auf dem Sofa. Er mit
dem Kopf auf meinem Bauch, ich mit der
Hand in seinem Haar.

„Was passiert als Nächstes?", fragte ich leise. „Wir schlafen. Und morgen gehen wir arbeiten. Und danach... sehen wir weiter."
„Du meinst, wir reden nicht über ‚Beziehung' und ‚Definition' und ‚Zukunft'?"
„Nein. Wir leben." Und ich begriff: Das war seine Art von Bekenntnis. Kein großes Wort. Kein Versprechen. Aber ein Hiersein. Ein Bleiben. Und für jetzt – für mich – war das alles.

Frühstück mit Hindernissen!

 Wenn man mit einem Mann aufwacht, der sich
normalerweise nur über perfekt geschmortes Fleisch oder das präzise Schneiden von Koriander emotional äußert – und dieser Mann
liegt plötzlich mit zerzausten Haaren neben einem, murmelt ein heiseres „Morgen" und zieht einen wortlos in den Arm –, dann weiß man: Das Leben hat sich heimlich verändert.
Ich lag also da, mit meinem Gesicht an Akihikos Schlüsselbein gepresst, während draußen irgendwo Tokio versuchte, montags zu sein. Mir egal. Meine Welt war gerade nur dieser warme, stille Moment zwischen zwei Atemzügen.
„Wenn du mich weiter so anstarrst", murmelte er ohne die Augen zu öffnen, „denk ich, ich hab eine Nudel im Gesicht."
„Du hast was viel Schlimmeres: ein echtes Lächeln."
Er grunzte, drehte sich halb auf mich. „Frech."
„Geht schlecht wieder weg. Ist chronisch."

Er küsste mich. Und obwohl es nur ein Morgenkuss war, schmeckte er nach Vertrautheit und Schlaf und ein bisschen Sehnsucht. Aber das Leben, wie es so ist, hatte andere Pläne. Kaum hatten wir uns aus dem Bett gequält, Akihiko zog gerade ein frisches Shirt über (und ich beobachtete das mit einer Andacht, die man sonst nur Heiligenstatuen schenkt), da klingelte es an der Tür. „Erwartest du jemanden?", fragte ich. „Nur wenn meine Spülmaschine Gefühle entwickelt hat und mich besuchen will: nein." Er öffnete die Tür. Und da stand – festhalten – seine Mutter. Klein, elegant, mit einem Blick, der sofort durch mich hindurchsah und direkt an meiner Seele zu rütteln begann.

„Akihiko“, sagte sie. „Ich habe Croissants mitgebracht.“

„Und ich hab einen Herzinfarkt bekommen“, murmelte er.

Sie trat ein, musterte mich von Kopf bis Fuß, während ich in Akihikos T-Shirt dastand, zerzaust, ungeschminkt, offensichtlich über Nacht geblieben.

„Und Sie sind?“, fragte sie süßlich.

„Haruki. Guten Morgen. Ich... äh... wohne nicht hier.“

„Offensichtlich.“

Akihiko schloss die Tür, stellte sich demonstrativ zwischen uns. „Mutter, das ist Haruki. Mein...“

Stille.

„...Partner?“ versuchte ich.

„...Menschlicher Stresstest“, ergänzte Rei, die genau in diesem Moment *auch noch* auftauchte. „Ich dachte, das hier wird ein intimes Frühstück, nicht eine Netflix-Familienepisode." Akihiko stöhnte. „Ich hab echt keine Kontrolle über mein Leben mehr." „Willkommen in der Liebe", flötete Rei, während sie sich ungebeten einen Croissant griff. „Wo Chaos mit Zuckerguss serviert wird." Akihikos Mutter setzte sich an den Tisch, faltete ihre Hände und sah mich prüfend an. „Und was machen Sie beruflich, Haruki?" Ich schluckte. „Ich... bringe Menschen zum Lächeln." Sie hob eine Augenbraue. „Sie sind Komiker?" „Kellner. Im HANABI." „Ah. Also Servicepersonal." Ich lächelte. Süß. Giftig. „Und Akihikos Liebhaber."

Die Stille danach war perfekt. Man hätte
einen Tofuwürfel darin würfeln hören
können. Dann sagte sie kühl: „Wenigstens
ehrlich. Gut. Ich nehme mehr Zucker."
Später, als wir allein in der Küche standen,
stützte Akihiko sich mit beiden Händen auf
die Arbeitsplatte. „Entschuldige." „Wofür?"
„Für sie. Für mich. Für... dass du da
reingeraten bist." Ich trat hinter ihn, legte
meine Arme um ihn. „Ich bin nicht
reingeraten. Ich bin angekommen." Er drehte
sich zu mir. „Du bist verrückt." „Du auch."
Und während Rei im Wohnzimmer mit
Akihikos Mutter diskutierte, ob Drag eine

legitime Kunstform sei, küsste er mich wieder. Sanft. Ernst. Warm. Die erste Schlacht war geschlagen. Und wir hatten sie gemeinsam überlebt. Mit Croissants. **Fortsetzung folgt...**

Kirschblütenküsse und Karaoke-Katastrophen!

 Das Frühlingsfest im Stadtteil Shibamata war jedes Jahr ein Ereignis. Menschenmengen, Laternen, Duftwolken von Takoyaki und frisch gegrilltem Hähnchen, der Duft nach süßem Mochi und noch süßerer Nostalgie. In diesem Jahr jedoch war es für mich nicht nur ein Stadtteilfest – es war das erste Mal, dass Akihiko und ich öffentlich gemeinsam auftauchten. Als... *Paar.* Also, wir sagten es nicht laut. Aber wir hielten Hände. Und Blicke. Und uns. „Ich seh aus wie ein Idiot", murmelte Akihiko, der in einer Kombination aus Yukata und innerer Rebellion steckte. „Du siehst aus wie der Protagonist eines historischen Dramas, der gleich jemanden mit einem Blick verführt." „Ich dachte, das wärst du."

„Ich bin mehr der komische Sidekick.“ „Du bist der Plot-Twist, Haruki.“ Ich schwieg. Weil mir dieser Satz so viel bedeutete, dass selbst mein sarkastisches Innenleben kurz Schnappatmung bekam. Rei war natürlich auch da – in einem gold- schwarzen Kimono, der mehr Drama hatte als zehn Staffeln Soap Opera. Daiki trug eine Kamera um den Hals und ein Stirnband mit „花より団子“ („Dango statt Blumen“) drauf, was seine Prioritäten recht klar machte. „Ihr zwei Süßkartoffeln seht heute wirklich aus wie der letzte Akt einer BL-Serie“, sagte Rei schnippisch. „Fehlt nur noch ein dramatischer Regenkuss.“ „Oder ein Karaoke-Duell“, ergänzte Daiki. Und das war der Fehler. Zehn Minuten später standen Akihiko und ich tatsächlich auf der kleinen Bühne im Parkzentrum, vor etwa hundert Leuten, inklusive seiner Mutter, meiner Schwester und zwei neugierigen Touristen mit Selfiesticks. „Du singst die erste Strophe", zischte ich. „Ich koche. Ich singe nicht." „Dann rap." „Ich verlasse dich." „Das ist ein Liebesduett. Wenn du mich verlässt, stirbt der Song." Akihiko verdrehte die Augen – und begann zu singen. Und was soll ich sagen: Es war... erstaunlich. Tief. Kratzig. Und ganz ehrlich: sexy. Ich vergaß fast meinen Einsatz. Dann setzte ich ein – viel zu laut, schief, aber mit dem Herz eines Mannes, der bereit war, sich für Liebe und Popmusik zum Affen zu machen. Am Ende jubelte das Publikum – aus Mitleid, Begeisterung oder Schock, das ließ sich schwer sagen. Akihiko verbeugte sich. Ich warf imaginäre Rosen.

Später saßen wir auf einer Picknickdecke unter

blühenden Kirschbäumen. Über uns Laternen.

Um uns Gläser mit Pflaumenwein. In uns: Lachen. Wärme. Nähe.

„Du warst gut", sagte ich leise.

„Du warst laut."

„Ein perfektes Gleichgewicht."

„Ich glaube...", sagte er und zögerte, „ich will mehr davon."

„Karaoke?"

„Nein. Das. Uns. So."

Ich legte meinen Kopf an seine Schulter.

„Ich auch."

Er küsste mich. Nicht dramatisch. Nicht schüchtern. Einfach genau richtig. Ein Kuss unter Laternen, zwischen Lachen und Leben.

Ein Kuss, der sagte: *Wir sind hier. Zusammen.* Und irgendwo in der Ferne schmetterte Rei mit einer Stimme wie Glitter und Wodka: „Aaaaiiii will always love youuuuuu!" Und so klang das Fest aus – mit Kirschblütenkitsch, gegrillten Süßkartoffeln und einem Gefühl, das langsam, aber sicher, Wurzeln schlug.

Von Blüten und Bekenntnissen!

 Nach dem Frühlingsfest war Tokio ein anderes. Oder vielleicht war ich es. Vielleicht war alles gleich geblieben – die leuchtenden Straßenschilder, die rauschenden Züge, das nervige Piepen der Ampeln an der Shibuya-Kreuzung – aber ich war plötzlich ein Mensch, der Akihikos Hand in der Öffentlichkeit hielt. Und zwar ohne, dass der andere sofort in Flammen aufging. Was, ehrlich gesagt, mein bisheriges Beziehungsniveau ziemlich in den Schatten stellte. Im *HANABI* herrschte die Tage danach eine fast beunruhigende Normalität. Akihiko war... Akihiko. Streng, konzentriert, verdammt sexy in der neuen schwarzen Kochjacke, die verdächtig nach einer bewussten Stilentscheidung aussah. Ich arbeitete wie immer – nur dass ich mich jetzt manchmal dabei ertappte, wie ich ihn ansah, als wäre er nicht mein Vorgesetzter, sondern mein Lieblingsfilm. Und das bemerkten natürlich alle.

„Ihr glüht", sagte Rei eines Abends, während sie die Weingläser polierte. „Ich meine, wirklich. Wenn ich eure Energie als Stromquelle anschließen könnte, wäre Shinjuku morgen klimaneutral." „Wir sind diskret", protestierte ich. „Liebling. Du schaust ihn an, als wärst du ein Dessert und er der letzte Löffel." Daiki, der das mitbekam, warf ein: „Und umgekehrt sieht Akihiko aus, als würde er dich mit einer Prise Fleur de Sel servieren wollen." Ich warf ein Poliertuch nach ihm. Er fing es. Natürlich. Der Junge hatte die Reflexe einer Katze auf Red Bull. Die große Überraschung kam jedoch an einem Mittwoch – mein freier Tag. Ich war gerade dabei, meine Wäsche zu ignorieren und mich emotional auf ein Nickerchen vorzubereiten, als mein Handy vibrierte. **Akihiko**: *„Lust auf einen Spaziergang? Ich kenne einen Ort."*

Fünf Minuten später war ich unterwegs. Zehn
Minuten später saß ich in der U-Bahn, wild
spekulierend, ob „einen Ort kennen" entweder
romantisch, verdächtig oder kulinarisch
bedeutete.
Er holte mich an der Station Asakusa ab. In
Zivil. Jeans, weißes Hemd, Sonnenbrille. Er
sah aus wie ein Manga-Cameo von sich selbst.
„Wohin?", fragte ich.
„Vertrau mir."
Ich tat es. Und so liefen wir durch kleine
Gassen, vorbei an Tempeln, schlafenden
Katzen und Senioren mit erstaunlicher
Armkraft beim Tai-Chi. Schließlich standen
wir vor einem traditionellen Teehaus mit Blick
auf den Sumida-Fluss.
„Hierher bin ich früher mit meinem Vater
gegangen", sagte er, als wir saßen. „Bevor
alles... kompliziert wurde."
Ich schwieg. Nicht aus Verlegenheit – sondern
weil ich fühlte, dass dieser Moment ein
Geschenk war. Ein Fenster.

„Er wollte, dass ich Anwalt werde“, fuhr
Akihiko fort. „Stattdessen hab ich mich für die
Küche entschieden. Und für... mein eigenes
Leben. Wir haben seit sechs Jahren nicht
gesprochen.“
„Und... bereust du es?“
„Nein. Ich bereue nur, dass ich so lange
geglaubt habe, ich müsste alleine sein, um
stark zu wirken.“
Ich sah ihn an. „Du bist stark. Auch mit mir.“
„Genau das... versuche ich zu begreifen.“
Er griff nach meiner Hand. Dort. Öffentlich.
Kein Zögern.
„Ich hab lange gebraucht, um mich nicht
mehr
für mein Herz zu schämen. Aber jetzt...“
„Jetzt brauchst du nur noch jemanden, der es
manchmal hält, wenn’s zu schwer wird.“
Er lächelte. Und ich wusste: Das war mehr als
ein Ausflug. Das war ein Bekenntnis. Keine

große Geste. Keine dramatische Szene. Aber ehrlich. Und echt. Wir blieben dort bis zum Sonnenuntergang. Tranken Tee. Sagten wenig. Fühlten viel. Später, als wir uns verabschiedeten, küsste er mich. Kurz. Öffentlich. Und niemand explodierte. Ich ging nach Hause mit einem Herzen, das schwer und leicht zugleich war. Und mit dem Gefühl, dass zwischen all den Blüten, Gerichten und neckischen Kommentaren langsam etwas wuchs, das tiefer war als alles, was ich je gekocht – oder gefühlt – hatte.

Zwischen Teigwaren und Tiefpunkten!

 Montage im *HANABI* waren traditionell die Hölle. Gäste mit Wochenendkater, neue Praktikanten, die zwischen „Was ist das da?" und „Hilfe, es brennt!" pendelten, und Akihiko, der montags noch schweigsamer war als sonst – was schon verdammt still war. Aber diesmal war es anders. Diesmal war da... etwas zwischen uns. Keine offizielle Erklärung, kein „Willst du mit mir gehen? Ja, Nein, Vielleicht"-Zettel – aber genug Blicke, Berührungen und subtile, mörderische Blicke von Rei, die definitiv *alles* wusste. Und dann kam der Lasagne-Unfall. Ich war gerade dabei, eine Platte dampfender, käsig-überladener Lasagne zu balancieren, als mir einer der neuen Kellner – nennen wir ihn Nervenzusammenbruch in Menschengestalt – direkt vor die Füße trat. Ich versuchte auszuweichen, rutschte auf einem Tropfen Trüffelöl aus und... die Lasagne landete auf meinem Shirt. Heiß. Fettig. Tomatig.

Ein kollektives Keuchen ging durch den Raum.
Ich stand da, eine tragische Mischung aus
Erotik und italienischer Küche.
Akihiko kam um die Ecke. Blieb stehen.
Starrte. Blinzelte.
„Wenn das ein neuer Verführungstrick ist",
sagte er trocken, „duftet er nach Basilikum."
„Ich bin ein wandelndes Pastatrauma."
„Zieh das aus. Sofort."
„Wenn du willst, dass ich mich hier und jetzt
entkleide..."
„In der Umkleide, Haruki. Himmel."
Ich trottete los, rief über die Schulter: „Du
weißt nicht, was du verpasst."
In der Umkleide zog ich das Shirt aus und
versuchte, die Lasagne aus meinen Haaren zu
wischen, als plötzlich die Tür aufging – und
Akihiko hereinkam. Mit einem frischen Shirt.
Und einem Blick, bei dem mir heiß wurde.
Nicht von der Soße.

„Du hast vergessen, dass ich der bin, der dich auszieht, nicht der Käse." Ich grinste. „Willst du mir helfen, oder willst du mich vernaschen?" „Beides ist möglich." Und dann küsste er mich. Hart. Schnell. Heiß. Die Lasagne war vergessen. Die Welt auch. Seine Hände wanderten über meine Seiten, mein Rücken prallte gegen die Wand der Umkleide, sein Körper drückte sich gegen meinen, und für einen Moment war alles nur Haut, Atem und Hitze. „Das war gefährlich", murmelte ich, als wir uns lösten. „Du warst das." „Wegen mir kannst du nicht mehr klar denken." „Klar denken ist überbewertet."

Ich zog das neue Shirt über, versuchte
vergeblich, das Grinsen zu unterdrücken.
Zurück im Restaurant schnappte sich Rei
meinen Arm, flüsterte: „Ihr seht aus, als
wärt
ihr in einem sehr kleinen Raum mit sehr
wenig
Luft gewesen."
„Nennt sich Romantik."
„Nennt sich Umkleidensex mit
Nebelmaschine."
Der Abend ging weiter, als wäre nichts
passiert
– außer, dass wir uns jetzt ansahen, als
wüssten wir genau, was für ein Dessert wir
später gemeinsam verspeisen würden.
Später, als die letzten Gäste gingen, schob
Akihiko mich in die Küche, wo nur noch
Dampf und der Geruch von frisch
gebackenem
Brot in der Luft lagen.
„Bleibst du heute Nacht?", fragte er.
„Ich dachte, du fragst nie."
„Ich frage nicht. Ich koche."

75

„Und ich esse." Wir lachten beide. Und als wir uns küssten, dort, wo sonst nur Pfannen klirren und Töpfe brodeln, wusste ich: Das hier war unser Rezept. Chaos. Geschmack. Hitze. Und ein bisschen Lasagne.

Der Geschmack von Nähe!

 Der Morgen danach war leise. Nicht bedrückend-leise, sondern wohlig-leise. Die Art von Stille, die sich nicht leer anfühlt, sondern voll – wie eine gute Suppe, in der alles perfekt aufeinander abgestimmt ist. Ich lag auf Akihikos Sofa, in eine viel zu große Decke gewickelt, ein bisschen verschlafen, ein bisschen glücklich und ziemlich sicher, dass ich wie ein verliebtes Croissant aussah. Er kam aus der Küche, barfuß, mit zerzausten Haaren und zwei dampfenden Tassen Kaffee. Reichte mir eine, setzte sich neben mich und sagte nichts. Ich war okay damit. Wir mussten nicht reden, um zu wissen, dass etwas zwischen uns wuchs – nicht nur körperlich, sondern auch in den stillen Momenten danach. „Heute frei?", fragte er irgendwann. Ich nickte. „Und du?"

„Bis 17 Uhr. Dann muss ich einen Fisch filetieren, der laut Lieferzettel 98 Zentimeter lang ist." „Das ist länger als dein Geduldsfaden." „Richtig. Deshalb hast du mir auch so gut gefallen." Ich grinste. Er küsste mich kurz, knapp, mit der Routine eines Mannes, der nie Routine zeigen wollte, aber es trotzdem tat. Später machten wir einen Spaziergang durch Kichijōji. Der Inokashira-Park war voller junger Familien, verliebter Paare, alter Männer, die Schildkröten fütterten, und Rei, die auf einer Bank saß und mit einem schillernden Papierfächer auf sich aufmerksam machte. „Na, ihr zwei Brotbällchen der Leidenschaft!", rief sie, als sie uns sah. „Du solltest dich beruflich umbenennen in Amors nervige Cousine", murmelte Akihiko.

„Ich nehme das als Kompliment. Wollt ihr Zuckerwatte oder gleich zum Beziehungsdrama übergehen?" „Wir bevorzugen stille Eskalation", sagte ich. Rei stand auf. „Dann gebt mir wenigstens ein Foto. Für... persönliche Zwecke." „Du willst ein Bild von uns?" „Komm schon. Ihr seid wie ein Pinterest- Board in Bewegung." Wir stellten uns also unter einen Kirschbaum, Akihiko mit verschränkten Armen, ich mit schiefem Grinsen, Rei mit dem Enthusiasmus eines Regisseurs auf Red Bull. Sie machte drei Bilder – dann vier – dann, ohne Vorwarnung, rief sie: „Küsst euch!" „Rei...", begann Akihiko. „Komm schon, Sous-Chef der Herzen, jetzt ist nicht die Zeit für schüchterne Aromatik."

Ich zog ihn zu mir. Er ließ es geschehen. Wir küssten uns. Und für einen Moment war da nichts als Kirschblüten, Haut und Herz. „Das wird mein Handyhintergrund", sagte Rei zufrieden. Am Nachmittag ging ich mit Akihiko ins *HANABI*. Nicht zum Arbeiten – einfach nur, um zu sehen, wie sein Blick sich verändert, wenn er seine Küche betritt. Es war faszinierend. Zuhause war er zurückhaltend, ruhig. Hier? Eine Naturgewalt. Präzise, fokussiert, kreativ. Ich sah ihm beim Schneiden zu, beim Anrichten, beim ruhigen Dirigieren seines Teams. Und ich wusste, dass ich nicht nur in ihn verliebt war – sondern auch in das, was er erschuf. In die Art, wie er mit Lebensmitteln sprach, obwohl er kein einziges Wort sagte. Nach Feierabend saßen wir hinten auf der Restaurantterrasse, die kaum jemand nutzte. Die Stadt rauschte um uns herum, aber zwischen uns war es ruhig.

„Ich denke manchmal, ich bin zu
kompliziert für so was", sagte Akihiko leise.
„Und ich denke manchmal, ich bin zu laut
für dich." „Vielleicht ist genau das gut."
„Vielleicht gleichen wir uns aus." „Vielleicht
sind wir einfach... gut." Ich legte meinen
Kopf an seine Schulter. „Ich weiß nicht,
wohin das führt. Aber ich will's rausfinden."
Er nahm meine Hand. Und ließ sie nicht
mehr los.

Eifersucht mit Sojasoße!

 Der Mensch ist ein komplexes Wesen. Er kann gleichzeitig rational denken und völlig irrational fühlen. Zum Beispiel, wenn er sieht, wie sein quasi-fester Freund – Akihiko, der selbst im Umgang mit heißen Öfen eiskalt bleibt – mit einem anderen Mann spricht. Und lacht. Und dabei nach vorne kippt, so dass sich ihre Schultern fast berühren. Ich weiß. Lächerlich. Unnötig. Aber da stand ich, mitten im Gastraum des *HANABI*, mit einem Tablett voller Dessertteller und einem Anflug von possessiver Irrationalität, der mich innerlich so sehr schockierte wie ein ungeplantes Pop-up-Werbefenster in meinem Hirn: *„Willst du wirklich zusehen, wie dieser Fremde mit DEINEM Sous-Chef flirtet?"* Rei bemerkte es natürlich sofort. „Oh-oh", murmelte sie und trat neben mich. „Blickkontakt wie beim Western. Fehlt nur noch der Revolver." „Ich beobachte nur", sagte ich.

„Du starrst. Wie ein Chihuahua, der gleich zuschnappt." Ich sah wieder hin. Der Typ war ungefähr mein Alter, mit einem Lächeln, das zu weiß war, um echt zu sein, und einer Stimme, die ich bis hierher hören konnte. Lässig. Charmant. Nervig. „Wer ist das?", fragte ich. „Ein ehemaliger Kollege von Akihiko. Hiroshi irgendwas. Hat mal mit ihm in Kyoto gekocht. Angeblich sehr talentiert. Und sehr… vielseitig." „Was soll das heißen?" „Heißt: Er weiß, wie man mehr als nur Fisch filetiert." Ich warf ihr einen Blick zu. Sie grinste. Ich kochte. Als Akihiko mich schließlich sah, kam er rüber – langsam, wie immer. Ganz Akihiko. Ruhig. Kontrolliert.

„Das ist Hiroshi. Wir haben mal zusammen gearbeitet."

„Sagt er schon die ganze Zeit", murmelte ich.

Hiroshi reichte mir die Hand. „Freut mich. Du

musst Haruki sein."

„Muss ich?"

Akihiko schnaubte leise. Hiroshi lachte. Ich war kurz davor, die Dessertteller als Wurfgeschosse zu nutzen.

„Ich wollte nur Hallo sagen", sagte Hiroshi dann, „und Akihiko an sein Versprechen erinnern, mich mal wieder zum Abendessen einzuladen."

„Er ist beschäftigt", sagte ich etwas zu schnell.

„Ich finde schon einen Weg, ihn zu befreien."

„Er gehört nicht zum All-you-can-eat-Buffet."

Rei, hinter mir, machte ein Geräusch, das klang wie unterdrücktes Lachen mit Champagnerschaum.

Hiroshi verabschiedete sich schließlich mit einem Lächeln, das vermutlich Sonnenbrillenpflicht verursachte. Akihiko und ich standen allein da. Es war still. Zu still. „Du bist eifersüchtig", sagte er. „Nein. Ich bin... aufmerksam." „Aufmerksam wie eine Katze vor einem Laserpointer." „Er hat mit dir geflirtet." „Ich habe nicht mit ihm geflirtet." „Du hast gelächelt." „Ich lache auch über schlechte Witze. Bedeutet nicht, dass ich sie heirate." Ich verschränkte die Arme. „Ich hab ihn nicht gemocht." Akihiko trat einen Schritt näher. „Ich hab es gemerkt."

„Sorry. Ich war... ich weiß nicht. Irrational.“
„Ehrlich.“ „Peinlich.“ „Süß.“ Ich sah ihn an.
„Ich bin nicht süß.“ „Doch. Wenn du glühst
vor Wut, schon.“ Er küsste mich. Öffentlich.
Ohne Vorwarnung.
Und ich vergaß Hiroshi, den Gastraum, Rei
(die vermutlich ein GIF daraus machte) – alles.
Später, im Lager, zog er mich zur Seite. Kühl,
dunkel, riechend nach Gewürzen.
„Nur damit du's weißt“, flüsterte er an
meinem
Ohr, „ich koche nur noch für dich.“
„Auch nackt?“
„Vor allem dann.“
Und in dieser Mischung aus Begehren, Lachen
und ein bisschen zu viel Sojasoße in der Luft

wusste ich: Eifersucht ist hässlich. Aber wenn man sie überlebt – wird's verdammt sexy. **Fortsetzung folgt…**

Das, was bleibt, wenn der Tag vorbei ist!

Es gibt diese Abende, an denen alles perfekt läuft. Service flüssig, Gäste zufrieden, nichts explodiert (außer dem flambierten Dessert, aber das war Absicht) – und trotzdem sitzt man danach auf der Hintertreppe des Restaurants, starrt auf die dampfende Teetasse in der Hand und fragt sich, ob man nicht gerade dabei ist, sich selbst zu überholen. Ich war müde. Nicht körperlich – eher... innen. Als hätte mein Herz zu viele Gänge geschaltet, ohne mir Bescheid zu sagen. Und Akihiko? Der saß neben mir. So still, wie nur er das konnte, und gleichzeitig so nah, dass unsere Schultern sich berührten. Und das war gut. Das war genug. „Hiroshi hat geschrieben", sagte er irgendwann. Ich nickte. „Und?" „Ich hab nicht geantwortet."

Ich sah ihn an. Er sah mich nicht an. Aber
seine Hand fand meine.
„Ich war früher gut darin, Leute zu
beeindrucken“, sagte er. „Aber schlecht darin,
sie zu behalten.“
„Du bist kein Mietkoch, Akihiko. Du bist... ein
Zuhause.“
Er lachte leise. „Ein sehr ordentliches,
messerscharfes Zuhause.“
„Genau. Alles hat seinen Platz. Sogar ich.“
Er drehte sich zu mir. Sah mich an. Ernst.
Tief.
So, wie nur er es konnte. „Ich hab Angst, dass
du irgendwann merkst, dass du mehr willst.“
Ich beugte mich vor, küsste ihn sachte auf die
Stirn. „Ich hab schon mehr. Ich hab dich.“
Er atmete aus, als hätte er das gebraucht.
Dann
zog er mich näher. Und wir blieben einfach so
sitzen, auf dieser Treppe hinter dem
Restaurant, zwischen Nacht, Restwärme und
einem Gefühl, das zu groß war, um in Worte
zu passen.

Später gingen wir zu ihm. Kein großes
Ritual. Keine Show. Nur zwei Menschen, die
sich auskannten in der Nähe des anderen.
Die nicht mehr zählten, wie oft sie sich
berührten – sondern wie selten sie das
nicht taten.
Ich lag mit dem Rücken auf seiner
Matratze, er
neben mir, halb über mir, und als seine
Finger
über meinen Brustkorb glitten, fühlte ich
mich
wie Musik.
„Weißt du noch", murmelte ich, „wie du mir
an Tag eins fast ein Tablett an den Kopf
geworfen hast?"
„Du standest im Weg."
„Ich steh immer noch im Weg. Nur diesmal
näher."
„Ich werf keine Tabletts mehr. Nur Küsse."
„Romantisch."
„Sarkastisch."
„Perfekt."

Dann küßte er mich. Und diesmal war es kein hungriger Kuss, kein schneller Trost, kein Spiel. Es war langsam. Tief. Sanft. Es war ein Kuss, der sich Zeit nahm, weil da keine Eile mehr war. Nur wir. Und das, was wuchs. Er berührte mich wie ein Gericht, das man nicht überwürzt. Mit Respekt. Mit Hingabe. Mit Neugier. Und ich ließ mich fallen – in ihn, in uns, in das, was passierte, während draußen irgendwo die Stadt weiterlebte. Stunden später lagen wir da. Verschwitzt. Verwirrt vor Glück. Wortlos, weil Worte überflüssig waren. „Ich will, dass du bleibst", sagte er leise. „Ich bin doch schon da." „Nein. Ich meine länger." Ich hob den Kopf. „Wie lang?" „Solange du's aushältst."

Ich lächelte. „Dann musst du mir wohl eine richtig gute Bento-Box packen." Er küsste mich auf die Stirn. „Deal." Und während ich in seinen Armen einschlief, wurde mir klar: Die größten Gesten sind manchmal die leisesten. Ein Satz. Ein Blick. Eine Hand auf der eigenen Brust. Und plötzlich ist man nicht mehr nur verliebt – man ist angekommen.

Kulinarisches Chaos mit Fesselwirkung!

 Manche Tage fangen harmlos an. Die Sonne scheint, der Kaffee ist nicht verbrannt, Akihiko sieht in seiner Kochjacke aus wie der Hauptdarsteller in einem sehr heißen Gastro- Drama – und du denkst: Heute passiert bestimmt nichts Schlimmes. Und dann ruft ein Stammkunde an. „Ein ganz besonderer Wunsch für ein privates Event", hatte Yūna mit diesem gefährlich süßen PR-Stimmchen gesagt. „Es soll diskret, aufregend und... nennen wir es *interaktiv* sein." Akihiko hatte die Stirn gerunzelt. Ich hatte bereits gehofft, es ginge um ein edles Sushi- Tasting mit veganer Begleitung. Spoiler: Es ging um Bondage-Kunst mit Acht- Gänge-Menü. „Du meinst... Essen. Mit Seilen?", fragte ich, als Yūna uns die Details schickte.

„Es ist für einen sehr exklusiven Zirkel. Thema: *Verlangen und Disziplin.* Die Gäste erwarten eine kulinarisch-erotische Performance. Du weißt schon. Gourmet trifft Erotik.“ Ich sah zu Akihiko, der wie versteinert auf sein Tablet starrte. „Wir sollen also eine Show kochen?“ „Mit Fesselkunst, Nebelmaschine und aphrodisierenden Speisen“, sagte Yūna. „Es ist... Trend.“ „Trend ist auch, sich den Zungengrund piercen zu lassen. Wir machen es trotzdem nicht im Restaurant.“ „Keine Sorge. Es ist eine Privatlocation.“ Akihiko schloss kurz die Augen, murmelte etwas, das klang wie ein stilles Gebet für seine professionelle Ehre, und sagte dann: „Ich koche. Du servierst. Rei koordiniert. Und Daiki filmt nichts. Gar nichts.“

„Das wird das Dekadenteste, was ich je erlebt habe", seufzte Rei ekstatisch. „Ich liebe Tokio."
Und so standen wir drei Tage später in einer Design-Loftwohnung mit Sichtbetonwänden, ambientem Licht und Gästen, die aussahen, als
hätten sie zu viel Geld, zu viel Zeit und sehr klare Vorstellungen von ihren Vorlieben.
Rei trug Latex. Daiki trug Schwarz. Ich trug ein Outfit, das nur minimal mehr Stoff als ein gut gebundenes Geschirrtuch hatte.
„Ich fühle mich wie ein sexy Dessertlöffel", murmelte ich.
„Du bist das amuse-bouche der Begierde", sagte Rei feierlich.
Akihiko trug – natürlich – seine normale Kochuniform. Aber mit offenerem Kragen. Und einem Ausdruck, der irgendwo zwischen *Ich hasse alles daran* und *ich finde es faszinierend, dass ich das hasse* schwankte.
Der Abend begann. Ich servierte Jakobsmuscheln in Chili-Honig-Gelee auf

Tellerformen, die an Fesselknoten erinnerten. Zwischendurch banden Performer in Kimono-Pants ihre Partner kunstvoll an Bambusgestelle. Die Gäste aßen, stöhnten (genussvoll), und einer versuchte sogar, meine Krawatte mit seiner Gabel zu lösen.

„Nicht anfassen, das gehört zur Garnitur", fauchte ich.

Akihiko blieb cool. Zen in Action. Er richtete die Teller an, schob sie auf glänzenden Platten zu mir – und jedes Mal, wenn unsere Finger sich streiften, war da dieser kurze, unheilige Blick. Der sagte: *Wenn wir hier raus sind...*

Als der Hauptgang kam – pochiertes Rinderfilet mit Kakaokruste, Rosmarinschaum und einer Sauce, die aussah wie Leidenschaft in flüssig – trat einer der Gäste zu mir.

„Ist der Koch... verfügbar?"

Ich lächelte säuerlich. „Er ist in einer festen Bindung. Emotional und eventuell auch körperlich, je nach Laune."

„Schade. Männer mit Händen wie seine..."

„... sind besser als jeder Gourmetkurs, ich
weiß.“
Später, als wir endlich allein im
Vorbereitungsraum standen, sah ich
Akihiko
an.
„Ich will nicht dramatisch sein, aber ich
habe
jetzt vermutlich Sojasoße in erotischen
Regionen.“
Er trat näher. Griff nach meiner Taille. Zog
mich an sich.
„Du hast das heute souverän gemacht.“
„Ich war ein tragbarer Fetisch mit Tablett.“
„Du warst... wunderschön.“
Ich zog die Augenbraue hoch. „War das... ein
echtes Kompliment?“
„Warte, ich bin noch nicht fertig.“
Er küsste mich. Hart. Lang. Mit all dem
zurückgehaltenen Wahnsinn des Abends.

Dann flüsterte er: „Und heute Nacht... bind
ich dich an mein Bett. Nur mit Sojasoße.“
„Das ist das Romantischste, was du je gesagt
hast.“ Und ich lachte, küsste ihn zurück –
und wusste: Manchmal braucht es eben
Fesseln, um zu merken, wie frei man sich bei
jemandem fühlt.

Frühstück nach Bondage!

 Es gibt Momente, da fragt man sich: Wie bin ich hier gelandet? Zum Beispiel, wenn man morgens aufwacht, die Arme noch halb von einem Seidenschal umschlungen, und in der Luft eine Mischung aus Sex, Sojasoße und einem Hauch Jasmintee liegt. Willkommen bei Haruki und Akihiko – Staffel 1, Folge 18: *Frühstück nach Bondage.*

Ich lag auf Akihikos Bett, nackt bis auf die ironisch verrutschte Schürze, die er mir nachts
im Halbdunkel liebevoll-unbarmherzig umgebunden hatte. Er schlief noch. Auf dem Rücken, ein Arm über dem Kopf, die andere Hand lag – natürlich – perfekt auf meinem Oberschenkel. Kontrolliert selbst im Schlaf. Ich hasste es, wie sexy das war.

Ich schlich mich in die Küche. Mein Körper fühlte sich an wie von einem Gourmetkoch in Scheiben geschnitten und dann wieder kunstvoll zusammengesetzt. Ich fand Eier, Reis, etwas Lachs, Sojasoße (offensichtlich), und zauberte eine improvisierte Reisschale. Als er wenig später im Türrahmen erschien – zerzaust, barfuß, mit dieser gefährlich

verschlafenen Stimme – sah er mich an, als
wäre ich ein Drei-Sterne-Menü.
„Hast du mich verführt und dann auch noch
Frühstück gemacht?“
„Ich bin eben vielseitig. Und hungrig.“
„Willst du heiraten?“
Ich erstarrte. Dann grinste ich. „Du meinst
mich – oder das Frühstück?“
„Kommt drauf an, was besser schmeckt.“
Ich stellte ihm die Schüssel hin. Er probierte.
Sagte nichts. Dann nickte er. Bedeutungsvoll.
Als wäre ich durch ein geheimes Level seiner
Zuneigung gestiegen.
Später saßen wir auf dem Boden, Rücken
gegen die Küchenzeile gelehnt, Knie an Knie,
Teetassen in der Hand.
„Ich dachte, nach dieser... Show gestern würde
ich mich distanziert fühlen“, sagte er.
„Und?“

„Ich fühl mich... befreit." „Du meinst, weil
du deinen inneren Dom entdeckt hast?"
„Ich meine, weil ich aufgehört habe, zu
denken, dass ich mich für das, was ich mit
dir fühle, rechtfertigen muss." Ich wurde
ernst. „Du musst dich nie rechtfertigen.
Nicht bei mir." Er lehnte sich an meine
Schulter. Und das war so viel Intimität, dass
ich sie fast nicht aushielt. Auf die gute Art.
Später, als ich gehen wollte – Arbeit, Alltag,
das echte Leben – hielt er mich am
Türrahmen fest. „Willst du heute Nacht
wiederkommen?" „Nur wenn's diesmal
ohne Seil geht." „Versprochen. Vielleicht."

Ich küsste ihn. Und als ich auf dem Weg
zurück durch Tokio fuhr, in der überfüllten
Bahn, zwischen Anzugträgern und
Teenagern mit Anime-Rucksäcken, dachte
ich zum ersten Mal: *Das ist es. Das ist mein
Zuhause.* Nicht der Ort. Der Mensch.

Zwischen Ramen und Realitätscheck!

Der Tag begann mit einem zerbrochenen Glas,
einem vergessenen Geldbeutel und einer streikenden U-Bahn. Also – ganz normal, nur mit extra Chaosgarnitur. Ich kam ins *HANABI*, fünf Minuten zu spät, drei Minuten verschwitzt und exakt eine Minute vor dem Moment, in dem Akihiko einen Neuzugang in der Küche auf unbestimmte Zeit
in die Kräuterstation strafversetzen wollte.
„Guten Morgen", japste ich.
„Du siehst aus, als hätte dich ein Toaster überfahren."
„Gibt's was Neues?"
„Nur, dass Daiki heute ein Food-Blogger-Team durch die Küche führt."
„Du meinst: ein Haufen Instagram-Zombies mit Meinungen?"
„Genau. Und ich will keine viralen TikToks mit deinen missglückten Balanceakten."

„Ich hab einmal die Miso-Suppe verschüttet.
EINMAL."
Akihiko ignorierte mich mit dieser
routinierten
Eleganz, die mich gleichzeitig in den
Wahnsinn trieb und scharf machte. Ich ging
meiner Arbeit nach – mit dem subtilen
Charme
eines hyperaktiven Otters – als plötzlich
Daiki
mit fünf Menschen hereinschwärmte, die
aussahen wie ein wandelnder Filter.
„Das ist die Küche! Und das ist Akihiko! Und
das da ist Haruki – unser hauseigener
Chaosbeauftragter."
Ich winkte. „Willkommen im inneren Kreis
der gastronomischen Hölle. Hier fließt der
Schweiß wie Dashi."
Sie kicherten. Einer fragte: „Ist es wahr, dass
ihr zusammen seid?"
Ich erstarrte. Akihiko auch. Daiki grinste.
„Oh, sie sind sehr diskret. Aber gestern habe
ich Lippenstift auf Harukis Hals gesehen.
Und
Akihiko trägt nie Lippenstift."

„Ich kann auch einfach nur hübsch schlafen", murmelte ich. „Ihr seid also ein Paar?", hakte der Blogger nach. Akihiko legte ein Fischfilet so präzise auf den Teller, als wäre es eine diplomatische Antwort. „Wir... arbeiten hervorragend zusammen", sagte er. „Und? Küssen sich eure Gyoza danach auch?", rief Rei von der Seite, die plötzlich mit einem Tablett voll Sektgläsern aufgetaucht war. Ich lachte. „Nur wenn sie sich vorher streiten." Der Besuch ging chaotisch weiter: Daiki ließ fast eine Kamera ins Saucenbad fallen, Rei erklärte aufreizend zweideutig die Funktion einer Küchenpinzette, und ich... ich lief Akihiko im Weg herum. Absichtlich. Weil ich wusste, dass er es hasste. Und weil es für uns inzwischen fast so etwas wie ein Tanz war.

Später – nach dem Trubel, nach den Posts, nach dem Kommentar „Diese Küche ist heiß. Und die Männer noch mehr" – saßen wir wieder auf der bekannten Hintertreppe. Akihiko rieb sich die Schläfen. „Ich bin kein Influencer." „Ich weiß. Du bist eher... ein Mythos. Ein legendäres Wesen. Der Gott der geschmorten Leidenschaft." „Hör auf." „Ich hör erst auf, wenn du zugibst, dass das mit uns mehr ist als effiziente Zusammenarbeit." Er sah mich an. Lange. Dann sagte er leise: „Ich weiß nicht, ob ich bereit bin für all die Blicke." Ich nickte. „Aber du bist bereit für mich?" Er antwortete nicht. Aber seine Hand fand meine. Und das war genug.

Später in seiner Wohnung – nach Duschen, Abendessen und sehr wenig Abstand – lag ich auf seinem Bauch und zählte seine Atemzüge. „Weißt du", murmelte ich, „ich glaube, du bist der ruhigste Sturm, den ich je lieben durfte." Er fuhr mit der Hand durch mein Haar. „Und du bist der schönste Lärm in meinem Leben." Und mit genau dem Gedanken schlief ich ein. Im Chaos. In der Wärme. In uns. **Fortsetzung folgt…**

Zwischen Klingen und Kompromissen!

Es begann mit einem Missverständnis. Akihiko hatte einen neuen Menüvorschlag vorbereitet – klassisch, streng, minimalistisch. Ich hatte am Vortag mit Yūna brainstormed (also: Ideen rausgeschrien, während sie mit Sushi auf mich warf), und ein paar Vorschläge gemacht, die – nennen wir's optimistisch – *experimentell* waren. Rei hatte beides gesehen. Und ohne Rücksprache eine Mischung daraus ins Wochenprogramm aufgenommen. Das Problem: Akihiko hatte es erst gesehen, als der erste Teller schon in der Küche stand. Mit Himbeerschaum auf seinem Heilbutt. „Was", sagte er in diesem gefährlich ruhigen Ton, „ist DAS?" „Ein fruchtig-florales Experiment auf einer Basis aus Respektlosigkeit und Mut", sagte ich mit meinem charmantesten Grinsen.

„Du hast mein Gericht verändert." „Rei hat's reingeschmuggelt. Ich hab's nur... toleriert." „Toleriert?" „Unterstützt." „Du hast es nicht mit mir abgesprochen." „Du warst doch eh nie Fan von Himbeeren." Er sah mich an, als hätte ich seine Messer in Spaghettiwasser eingelegt. „Das ist nicht witzig, Haruki." „Und du bist nicht flexibel." „Das ist ein Restaurant, kein Food-Festival." „Das ist ein Team, keine Monarchie!" Stille. Eine sehr unangenehme, sehr laute Stille, in der Rei nur sagte: „Ich hol mal Popcorn."

Wir arbeiteten schweigend nebeneinander her. Seine Bewegungen waren präziser als sonst – aber auch härter. Ich ließ einen Teller fast fallen. Er schnaubte nur. Ich kochte innerlich.
Erst nach Feierabend konfrontierte ich ihn. Auf der Hintertreppe. Natürlich. Unser inoffizieller Ring für emotionale Ringkämpfe.
„Willst du ewig sauer sein?"
„Ich will, dass du mich respektierst."
„Ich RESPEKTIERE dich! Aber ich darf auch mal was anders machen!"
„Nicht, wenn es MEIN Gericht ist!"
„Weißt du was? Vielleicht willst du gar keinen
Partner. Vielleicht willst du einfach einen Assistenten, der hübsch guckt und nix verändert."
Er sah mich an. „Vielleicht willst du einfach immer Chaos, weil du sonst denkst, du bist unwichtig."
Autsch.

Ich drehte mich um. Ging. Raus aus dem
Restaurant. Ohne ein weiteres Wort.
Ich lief durch Tokio, ziellos, vorbei an
blinkenden Reklamen und Pärchen, die sich
küssten, als gäbe es kein Morgen. Ich hasste
jeden von ihnen. Und ich vermisste ihn so
sehr, dass es wehtat.
Erst gegen Mitternacht kam die Nachricht:
„Ich war unfair. Komm bitte zurück.“
Ich zögerte. Dann schrieb ich:
„Nur wenn du den Heilbutt küsst.“
**„Ich küsse auch dich. Aber zuerst den
Fisch.“**
Ich kam zurück. Er stand auf dem Balkon.
Mit
zwei Schalen Udon und einem Blick, der
sich
nicht mehr verteidigte, sondern
entschuldigte.
„Ich kann manchmal engstirnig sein“, sagte
er.
„Und ich bin oft ein Vulkan im Karneval.“

Er zog mich an sich. Wir küssten uns. Lang. Verlegen. Dankbar. Später lagen wir auf dem Sofa. Ich auf ihm. Er unter mir. Unsere Finger ineinander. „Denkst du, wir schaffen das?", fragte ich leise. „Nur wenn du versprichst, nie wieder ohne Absprache Himbeeren zu verwenden." „Und du versprichst, nie wieder so zu tun, als wär dein Ego ein Menüpunkt." „Deal." Wir lachten. Und wussten: Streit gehört dazu. Wichtig ist nur, dass man danach das Rezept nicht wegwirft – sondern weiter würzt.

Familienrezepte und Fremdschämfaktor!

 Es gibt nur wenige Dinge, die einem erwachsenen Mann sofortige Angstschweißperlen auf die Stirn treiben können. Finanzamt. Zahnarzt. Und: das erste offizielle Kennenlernen der Familie seines Partners. „Meine Mutter möchte dich zum Essen einladen", sagte Akihiko eines Morgens, als er beiläufig die Espressomaschine startete, als wäre das nichts weiter als eine Info wie *„Heute regnet's."* Ich erstarrte. Die Toastscheibe hing halb aus meinem Mund. „Bitte was?" „Sonntag. 13 Uhr. Elternhaus. Formal, aber nicht steif." „Formal aber nicht steif ist auch die Beschreibung für einen sehr seltsamen Anzug."

„Zieh was Ordentliches an. Kein Shirt mit
Anime-Aufdruck."
Ich schwieg. Nicht, weil ich keine Worte
hatte
– sondern weil mein Gehirn in Zeitlupe
durch
sämtliche Peinlichkeiten scrollte, die ich in
einem Familienessen verursachen könnte.
Spoiler: Es waren viele.
Am besagten Sonntag stand ich also vor
einem
beeindruckend minimalistischen Haus in
Setagaya, mit einem selbstgebastelten
Gastgeschenk (Matcha-Madeleines, die
aussahen wie betrunkene Seesterne) und
dem
nervösen Inneren eines Mannes, der sich
wünschte, er wäre lieber im Fegefeuer –
oder
in der Spülküche des *HANABI*.
Akihikos Mutter öffnete. Elegant. Blick wie
ein Laser.
„Haruki-san. Willkommen."
„Arigatou gozaimasu. Ihre Frisur ist
beeindruckend."
„Sie sitzt."

Dann trat ich ein. Und es wurde... nicht besser. Sein Vater war höflich, aber stumm. Seine Schwester hatte ein Lächeln wie aus einem Bewerbungsgespräch. Ich war die menschgewordene Unsicherheit.
Das Essen war traditionell. Wunderschön. Und
still.
Bis ich die Suppe kommentierte.
„Wow, das schmeckt wie Kindheit. Nur ohne die familiären Traumata.“
Stille. Seine Mutter hob eine Augenbraue. Sein
Vater rührte nicht mal die Miso.
Akihiko trat mir unter dem Tisch gegen das Schienbein. Ich trat zurück. Er trat fester. Ich grinste.
„Also, Haruki“, begann seine Schwester, „was genau machen Sie beruflich?“
„Ich bin Kellner. Mit Tendenz zu Küchenspionage. Und ich bin... Akihikos Freund.“

Alle Augen auf uns. Akihiko räusperte sich.
„Wir sind zusammen." „Offiziell?", fragte die
Mutter. „Offiziell", sagte ich. „Mit Streit,
Versöhnung und... sehr viel Sojasoße."
Wieder ein Tritt. Diesmal zärtlicher. Später –
beim Abwasch, zu dem ich mich freiwillig
meldete, um die Stille im Wohnzimmer zu
umgehen – kam Akihikos Mutter zu mir.
Leise. Mit einer Schürze, die verdächtig nach
Generationenwechsel roch. „Er wirkt...
weich bei Ihnen." „Nur wenn ich ihn nicht
mit Himbeeren provoziere." Ein Lächeln
zuckte über ihr Gesicht. „Passen Sie gut auf
ihn auf." „Nur wenn er mich zurück behält."

Auf dem Heimweg im Zug – Akihiko neben mir, wortlos, aber seine Finger in meinen – fragte ich schließlich: „War's sehr schlimm?" „Du warst... ehrlich. Und charmant. Auf deine unheilbare Art." „Und deine Mutter hasst mich nicht?" „Sie plant vermutlich schon dein Bento." Ich lehnte mich an ihn. „Das war das offizielle Bekenntnis, oder?" „Was meinst du?" „Du. Ich. Familie. Suppe. Tritte unter dem Tisch." „Es war ein Anfang." Und in der ruckelnden Bahn, zwischen zwei Haltestellen und einem neuen Kapitel, wusste ich: So fühlt sich echtes Wachsen an. Unbequem, chaotisch – und absolut richtig.

Sushi, Schuldgefühle und ein Stück Normalität!

 Zwei Tage nach dem Familienessen pendelte sich der Alltag wieder ein – oder das, was in unserem Fall als Alltag durchging: Schweiß, scharfe Messer und emotionale Nebensätze zwischen zwei Löffeln Brühe. Ich stand an der Küchenzeile, ein Tablett mit edamamegefüllten Gläsern in der Hand, und überlegte, ob es unhöflich wäre, während der Arbeit einfach wegzulaufen und irgendwo in der U-Bahnstation kurz zu schreien. Nicht aus Verzweiflung. Nur... zur Verarbeitung. „Du siehst aus wie ein Miso-Geist auf Urlaubsantrag", sagte Rei hinter mir, während sie kunstvoll mit dem Bunsenbrenner flirtete. „Ich bin einfach in einem Zustand zwischen glücklich, nervös und oh Gott, ich war bei seinen Eltern." „Haben sie dich überlebt?"

„Sie haben mir Yuzu-Sirup gegeben. Ich glaube, das ist das japanische Äquivalent zu 'Wir beobachten dich, aber wir dulden dich.'" „Dann war es Liebe." Akihiko war heute besonders schweigsam. Nicht auf die schweigsame, tödlich-coole Art, wie sonst. Sondern auf die schweigsam- brodelnde Ich-habe-viel-zu-denken-Art. Ich wusste warum. Familie. Zukunft. Wir. Und dann, als ich gerade ein Messer fast falsch herum ins Besteckfach gesteckt hätte, kam er auf mich zu, nahm mir das Tablett aus der Hand, stellte es ab und sagte: „Lass uns raus." „Was? Jetzt?" „Heute Abend. Nur wir. Kein Sushi, kein Service, keine Leute, die fragen, ob unser Sexleben so präzise ist wie unser Mise en Place." Ich zwinkerte. „Du meinst ein... Date?"

„Ja. Das Ding mit Essen und Gesprächen. Ich glaube, Paare machen das." Später saßen wir in einem winzigen Izakaya in einem ruhigen Viertel in Nerima. Die Luft roch nach gebratenem Tofu, die Wände waren voll mit handgeschriebenen Speisekarten, und es war das schönste Durcheinander, das ich je gesehen hatte. Wir redeten. Über unwichtige Dinge. Über erste Jobs. Über peinliche Dates. Über die Tatsache, dass Akihiko als Kind eine heimliche Schwäche für Magical-Girl-Anime hatte („Sie hatten bessere Handlungsbögen als die meisten Erwachsenenserien."). Irgendwann, während ich gerade versuchte, einen glitschigen Takoyaki mit Stäbchen zu erlegen, sah er mich an. Lange. Ernst. Und sagte: „Ich hab Angst, dass ich dir nicht genug Platz lasse." Ich ließ den Oktopus sinken.

„Du gibst mir mehr als genug. Sogar dann, wenn du schweigst.“

„Du bringst Bewegung in mein Leben. Ich bring Ordnung in deins. Aber was, wenn ich zu

viel glätte? Was, wenn du dich irgendwann langweilst?“

Ich schob meinen Teller beiseite, beugte mich

vor.

„Langweilig ist, wenn du ohne mich einkaufen

gehst und ich nicht dabei sein darf, wenn du Tomaten auf Frische testest. Langweilig ist, wenn wir aufhören, uns zu necken. Aber du, Akihiko, du bist nie langweilig. Du bist Herausforderung. Und Heimat.“

Er atmete aus. Und lächelte. Nur ganz leicht. Aber echt.

Später, draußen im milden Frühlingswind, nahm er meine Hand. Einfach so. Ohne

Worte.

Und ich wusste: Vielleicht war das hier nicht der Anfang. Aber es war das, was nach dem Anfang kommt – wenn es echt wird. Wenn es zählt.

Der Duft von Veränderung!

 Es begann mit einem Brief. Ein echter. Aus Papier. Mit Tinte. Und dem
Logo eines renommierten Gastronomiemagazins auf der Vorderseite. Ich
fand ihn morgens im Briefkasten des *HANABI*, zwischen Werbeflyern für neue Bambusschneidebretter und einer mysteriösen
Einladung zur „Champagnermeditation".
Ich steckte ihn ein. Vergaß ihn. Und fand ihn erst wieder, als Akihiko spät am Abend in seinem Büro saß und versuchte, die monatliche Personalplanung zu entwirren – eine Aufgabe, die mehr mit Wahrscheinlichkeitsrechnung als mit Menschenkenntnis zu tun hatte.
„Post für dich", sagte ich und legte den Umschlag auf seinen Schreibtisch.
Er hob eine Braue. Riss ihn auf. Las. Wurde still.
„Was ist das?", fragte ich, als die Stille zu viel wurde.

„Eine Einladung. Für mich." „Zu was?" „Ein Stipendium. Drei Monate in Paris. Bei einem alten Kollegen. Im besten Fine-Dining-Restaurant Frankreichs." Ich starrte ihn an. „Das ist... riesig." „Ja." „Und?" „Ich weiß nicht." „Was weißt du nicht?" Er sah mich an. Und zum ersten Mal seit Langem war da ein Ausdruck in seinen Augen, den ich nicht sofort einordnen konnte. Zerrissen. Aufgewühlt. Fast... ängstlich. „Ich müsste weg. Für drei Monate. Weg von dir."

Ich schwieg. Nicht, weil ich nichts zu sagen hatte. Sondern weil ich spürte, dass jede Reaktion zu viel oder zu wenig sein könnte. „Du solltest gehen", sagte ich schließlich leise. „Wenn du es willst." „Und was, wenn ich zurückkomme und du nicht mehr hier bist?" „Dann bist du zurückgekommen für einen Menschen, der nicht zu dir gepasst hat. Aber ich glaube, du kommst zurück. Und ich bin noch da." Er schwieg. Lange. Dann legte er die Einladung weg. Stand auf. Kam zu mir. Nahm mein Gesicht in beide Hände. „Du bist verrückt." „Nur nach dir." Und dann küsste er mich. Kein flüchtiger Kuss. Kein versöhnlicher. Ein echter. Tief. Voller Versprechen, die noch nicht gesprochen waren.

Die nächsten Tage liefen wir umeinander
herum wie zwei, die wussten, dass etwas
Großes vor der Tür stand, aber zu höflich
waren, es reinzulassen.
Ich beobachtete ihn beim Kochen, wie seine
Bewegungen noch konzentrierter wurden.
Wie
sein Blick öfter in die Ferne ging. Wie er
öfter
mal innehielt. Und dann wieder tat, als sei
alles wie immer.
Am Samstagabend – der Laden voll, die
Küche heiß, die Gäste laut – sagte er
plötzlich,
mitten im Anrichten:
„Ich habe zugesagt."
Ich nickte. „Wann?"
„In zwei Wochen."
Ich schluckte. „Okay."
Und dann arbeitete ich weiter. Weil was
sollte
ich auch sonst tun? Laufen? Weinen? Oder
einfach weitermachen – mit der stillen
Hoffnung, dass Entfernung nur eine neue
Würze ist. Eine, die scharf, aber nötig ist.

Später, in seiner Wohnung, lagen wir nebeneinander. Nicht Haut an Haut. Sondern Rücken an Rücken. Nähe in Fragezeichen. Ich flüsterte: „Ich will, dass du gehst." Er antwortete nicht. „Weil ich will, dass du zurückkommst. Und mir erzählen kannst, wie es war. Nicht wie es hätte sein können." Er drehte sich zu mir. Zog mich an sich. „Ich hasse, wie sehr ich dich liebe." „Ich weiß." Und in dieser Nacht schliefen wir ein, mit den Koffern der Veränderung vor der Tür – und dem Wissen, dass Liebe nicht aufhält. Sie begleitet.

Abschied mit Beigeschmack!

 Zwei Wochen vergehen schneller, wenn man sie mit Abschied ignorieren will.
Akihiko war konzentrierter denn je. Er kochte,
plante, organisierte. Seine Koffer standen seit Tag vier ordentlich gepackt in der Ecke seiner Wohnung, als wären sie Teil der Einrichtung.
Ich fragte nie, ob er sie nochmal umpackte.
Ich
fragte generell wenig. Stattdessen... hielt ich fest. An Blicken. An Gesten. An den kleinen Dingen, die man erst zu schätzen lernt, wenn man weiß, sie gehen bald auf Zeit.
„Wir brauchen ein Ritual", sagte ich an seinem letzten Abend in Tokio. „Etwas, das man machen muss, bevor man sich für drei Monate trennt."
„Drei Monate sind nicht ewig."
„In Beziehungsmathe ist das mindestens drei emotionale Jahre."
Er lehnte sich gegen die Küchenzeile, die Ärmel hochgekrempelt, Arme verschränkt.
„Was schlägst du vor?"

„Letztes gemeinsames Kochen. Nur du und ich. Kein Menü. Kein Gast. Kein Daiki, der alles filmt."

„Und kein Rei, der kommentiert, wie unsere Gyoza metaphorisch für unser Sexleben sind."

„Genau. Nur wir."

Und so kochten wir. Ohne Plan. Ohne Rezept.

Wir warfen zusammen, was da war. Reis. Lachs. Yuzu. Ingwer. Eine Prise Humor. Zwei

Messerspitzen Wehmut.

Wir aßen auf dem Boden. Ohne Tisch. Mit Stäbchen, die nicht zusammenpassten.

„Weißt du, was das ist?", fragte ich.

„Kulinarischer Kontrollverlust?"

„Heimat. In mundgerechten Stücken."

Er lächelte. Und ich hätte ihn am liebsten gefragt, ob er wirklich fahren muss. Aber Liebe ist manchmal genau das: Nicht fragen. Sondern mitgehen, ohne mitzugehen.

Die Nacht war ruhig. Kein Fesseln, kein Spiel. Nur Haut an Haut. Zwei Körper, die sich memorierten. Am nächsten Morgen standen wir am Bahnhof Narita. Sein Zug fuhr um 9:42. Es war 9:39. „Letzte Chance, alles zu canceln und mit mir durchzubrennen. Vielleicht auf ein Ramen- Stand-Boot in Okinawa?" „Ich habe Angst, dass ich Paris liebe." „Ich habe Angst, dass du es nicht tust." Er küsste mich. Schnell. Fest. Dann stieg er ein. Ich sah ihm nach. Wie er durch das Fenster noch einmal winkte. Wie der Zug sich in Bewegung setzte. Und mit ihm mein Herz. Tokio war laut. Und plötzlich zu leise. Ich ging zurück ins *HANABI*. Rei wartete schon.

„Ist er weg?" Ich nickte. Sie legte mir eine Hand auf die Schulter. „Dann machen wir das Einzige, was in dieser Situation hilft." „Arbeiten?" „Arbeiten. Und trinken." Daiki schob eine Flasche Sake auf die Theke. „Drei Monate. Und dann kommt er zurück." Ich nickte. „Und ich bin hier." Ich nahm mir ein Glas. Trank. Und wusste: Manchmal ist das Größte, was man tun kann, einfach zu bleiben.

Sehnsucht schmeckt nach Sojasauce!

Es waren genau 17 Tage, 4 Stunden und 36
Minuten, seit Akihiko nach Paris geflogen
war.
Nicht, dass ich zählte. Ich hatte nur ein sehr
präzises Zeitgefühl – und ein nervöses
Zucken
im rechten Augenlid, das zuverlässig bei jeder
Push-Nachricht aus Frankreich aufflammte.
Im *HANABI* lief alles weiter. Gäste kamen,
Teller klirrten, Rei kommentierte jedes
meiner
Zuckungen mit einem „Drama, Darling", als
wäre sie die Göttin des kontrollierten Chaos.
„Du verhältst dich wie eine Katze, der man
das
Lieblingskissen weggenommen hat", sagte sie,
als ich zum dritten Mal an einem Abend das
Miso zu stark würzte.
„Ich bin... in einer Anpassungsphase."
„Du bist ein Gefühl in Menschengestalt."
„Dann sag wenigstens, ich schmecke nach
Umeboshi."
„Eher wie Sojasauce mit Sehnsucht."

Ich lachte. Schrieb Akihiko eine Nachricht. Keine Antwort. Zeitverschiebung. Oder neue Prioritäten? Ich verwarf den Gedanken. Abends, allein in seiner Wohnung, roch alles noch nach ihm. Ich legte mich auf sein Kissen, das so roch wie seine Nackenfalte – leicht herb, nach Zitrus und Schwarztee – und fragte mich, wie man jemanden so sehr vermissen konnte, ohne daran zu zerbrechen. Am 21. Tag kam ein Brief. Handschriftlich. Aus Paris. Ich erkannte seine krakelige, präzise Schrift sofort. > Haruki, > > Ich koche wie ein Wahnsinniger. Französisch. Wild. Und immer mit dem Gedanken an dich. > > Es ist schön hier. Aber nicht Zuhause. > > Zuhause ist ein chaotischer Kellner mit zu viel Herz und zu wenig Geduld. >

> Ich vermisse deine Stimme. Deinen Blick, wenn du weißt, dass du übertreibst. Deine Art, aus einem simplen Reislöffel einen Grund zu machen, mich zu küssen. > > Ich liebe dich. > > Bis bald. Und keine Himbeeren ohne mich. > > – A. Ich las den Brief fünfmal. Weinte beim zweiten Mal. Lachte beim vierten. Und küsste das Papier beim fünften. Am Tag 30 stand Yūna plötzlich im Restaurant. Mit einem Business-Grinsen und einer Einladung. „Wir veranstalten ein Event – *Tokyo meets Paris*. In drei Wochen. Und rate mal, wer als Stargast eingeflogen wird?" Ich starrte sie an. Mein Herz machte Salto. Und dann ein Rückwärtssalto. „Akihiko?"

„Ding ding ding. Also reiß dich zusammen,
Haruki. Du wirst ihn wiedersehen. Und
zwar mit Stil." Ich rannte in die Küche.
Schrubbte Arbeitsflächen, als würde davon
das Schicksal abhängen. Rei schob mir ein
Tablett zu. „Liebeskummer putzt sich am
besten mit Glanz." Ich nickte. Schrubbte.
Und träumte. Von Akihiko. Von seinen
Händen. Von seinem Blick. Und von dem
Moment, an dem er wieder vor mir stehen
würde. Diesmal nicht mit Koffer – sondern
mit einem Kuss. **Fortsetzung folgt...**

Wenn Heimkommen ein Ja bedeutet!

Das *Tokyo meets Paris*-Event war mehr als nur eine kulinarische Feier. Es war ein Fest der Erwartung. Der Nervosität. Und der Hoffnung, dass drei Monate Fernbeziehung nicht bloß eine schöne Theorie gewesen waren. Ich hatte drei verschiedene Outfits ausprobiert, bis Rei mich mit einem modischen Ultimatum aus der Umkleide zerrte. „Du willst ihn heiraten, nicht mit deinem Hoodie um Vergebung betteln." „Ich will einfach nur nicht umfallen, wenn ich ihn sehe." „Dann iss vorher was. Aber keine Knoblauch- Gyoza. Vertrau mir." Der Eventsaal war edel geschmückt – eine Mischung aus Pariser Chic und Tokioter Detailversessenheit. Lichter, Musik, das Klirren von Gläsern. Und ich. Mit Herzklopfen in jedem Fingerglied.

Und dann kam er. Akihiko. In einem
eleganten, dunklen Anzug.
Die Haare etwas länger. Der Blick wie immer:
scharf. Und dann – als er mich sah – weich.
Offen. Zuhause.
Ich ging auf ihn zu. Oder flog, ich war mir
nicht sicher.
„Willkommen zurück", sagte ich leise.
„Du siehst aus wie ein Versprechen."
„Du wie die Antwort."
Er zog mich in die Arme. Der Raum
verschwand. Es gab nur uns. Und den
Moment, den ich in Gedanken tausendmal
durchgegangen war – nur nie mit dieser
Erleichterung.
„Du hast mich vermisst", sagte ich.
„Jeden Tag. Aber ich wusste, dass du bleibst."
Wir arbeiteten das Event durch. Seite an
Seite.
Teller für Teller. Kompliment für
Kompliment.

Und irgendwann, als der Abend sich dem Ende näherte und die Lichter gedimmt wurden, bat Akihiko plötzlich um das Mikrofon. Ich erstarrte. „Das macht er nie", flüsterte Rei. „Oh mein Gott. Ist das—?" „Wenn er gleich stirbt, ist es ein Zeichen." Aber er starb nicht. Stattdessen trat er auf die kleine Bühne, das Mikro in der Hand, die Gäste verstummten. „Ich habe viele Dinge gelernt in Paris. Techniken. Aromen. Geduld. Aber das Wichtigste war: Es gibt keinen Stern, keine Küche, keinen Erfolg, der mir etwas bedeutet ohne den Menschen, der mich jeden Tag herausfordert, nervt und liebt, wie ich es nie erwartet habe." Ich hielt den Atem an. „Haruki."

Ich hob den Kopf. Er lächelte. Trat von der Bühne. Kam direkt auf mich zu. Vorbei an applaudierenden Gästen, an glitzernden Lichtern – direkt zu mir.

Er sank auf ein Knie. Holte eine kleine, schlichte Box aus seiner Tasche.

„Ich habe dich im Chaos gefunden. Und in der

Ruhe vermisst. Willst du... mit mir weiter kochen?"

Ich starrte ihn an. Die Welt war ein Rauschen.

Mein Herz ein Sturm.

„Wenn du weiter würzt."

„Dann sag Ja."

„Ja."

Die Gäste jubelten. Rei kreischte. Daiki filmte alles – natürlich. Und Akihiko... küsste mich. Dort. Vor allen. Und ich wusste: Das war nicht

das Ende eines Kapitels. Es war der Anfang eines Lebens.

Und plötzlich war es immer!

 Die Hochzeitsvorbereitungen waren... ein Sturm. Ein wunderschöner, nervtötender, emotionaler Taifun aus Farbenkarten, Menüvorschlägen und gefühlt zwanzig Meinungen zu Serviettenfaltungen. Rei führte das Planungskomitee an wie ein queerer General mit Goldstift und Megafon, während Daiki versuchte, den perfekten Soundtrack zwischen gefühlvoll und tanzbar zu kuratieren – mit gelegentlichen Abstechern in J-Pop- Chaos. „Ich will keine Tauben. Und keine Kraniche. Und bitte keine romantische Rede von Yūna", sagte ich zu Akihiko, als wir am Küchentisch saßen, umgeben von Papierfetzen und Bändern. „Ich will nur, dass du Ja sagst. Der Rest ist Dekoration." „Ich liebe deine Einfachheit." „Und ich liebe dein Chaos."

Die Hochzeit fand im Frühling statt – zwischen blühenden Kirschbäumen und einem Himmel, der aussah, als hätte ihn jemand mit Vanilleeis gestrichen. Wir hatten eine kleine Zeremonie im Garten eines alten Teehäuschens in Kamakura organisiert, mit Blick aufs Meer und genug Platz für unsere Freunde, Familie – und Rei, der in einem goldenen Kimono erschien, der jedes Filmset neidisch gemacht hätte. „Wenn schon queer, dann königlich", sagte sie und zwinkerte. Akihiko trug Schwarz. Natürlich. Und ich? Weiß. Aber nur, weil ich die Herausforderung mochte, Sojasoßenflecken zu vermeiden. Der Moment, als ich auf ihn zuging, durch das Grün, vorbei an Rei, Daiki, Yūna und all den anderen, die uns auf diesem Weg begleitet hatten – war mehr als ein Schritt. Es war ein Heimkommen. Wir standen einander gegenüber. Keine langen Reden. Kein Kitsch. Nur:

„Ich habe dich gefunden, als ich mich selbst
fast verloren hatte", sagte ich. „Und ich habe
dich geliebt, bevor ich wusste, wie es geht",
antwortete er. Dann: „Ja." Und: „Ja." Wir
küssten uns. Langsam. Ohne Eile. Und der
Applaus kam wie ein warmer Regen. Später,
beim Empfang, gab es Ramen. Es gab Sake. Es
gab Tanzeinlagen von Rei und Yūna, die
besser choreografiert waren als alles, was ich
je in Shibuya gesehen hatte. Daiki hielt eine
Rede, die gleichzeitig lustig, rührend und
vollkommen übertrieben war – so wie wir.
Und in der Nacht, als die Gäste gingen, als der
Mond auf das Meer schien und wir endlich
allein waren – nur wir zwei –, lagen wir auf
der Tatami-Matte des kleinen Häuschens,
barfuß, müde, verliebt. „Das war's?", fragte
ich.

„Das ist der Anfang." Ich streckte die Hand nach ihm aus. Unsere Finger trafen sich. Kein Blitz. Kein Feuerwerk. Nur das, was bleibt, wenn alles andere leiser wird. Liebe. In ihrer schönsten, schlichtesten Form. **Ende.**

Nachwort!

 Wenn du es bis hierher geschafft hast –
durch

scharfzüngige Dialoge, knisternde
Küchenszenen, chaotische Familienessen,
Missverständnisse mit Sojasoße und eine
ganze Palette an Gefühlen – dann möchte ich
dir von Herzen danken.

Diese Geschichte ist nicht nur eine
Liebeserklärung an Tokio, gutes Essen und
zwei eigenwillige Männer. Sie ist auch ein
kleines Denkmal für das, was echte Nähe
bedeutet: unperfekt zu sein und trotzdem
geliebt zu werden.

Haruki und Akihiko sind vielleicht fiktiv –
aber ihre Art, sich gegenseitig zu fordern, zu
finden, zu verlieren und wieder zu wählen,
ist

etwas, das uns alle angeht. Denn Liebe ist nie
einfach. Aber sie ist immer eine
Entscheidung.

Jeden Tag.

Und wenn sie dabei auch noch ein bisschen
frech, sexy, respektlos und süß sein darf –
umso besser.

Danke, dass du mit auf dieser Reise warst.
Mit viel Gefühl (und einer Prise Yuzu).

Eure Akiko Soul!

Verlag: BoD · Books on Demand GmbH,
Überseering 33, 22297 Hamburg, bod@bod.de
Druck: Libri Plureos GmbH, Friedensallee 273,
22763 Hamburg
ISBN: 978-3-8192-6687-4